# GORBACH

HANK ZERBOLESCH

# GOR BACH

ROMAN

STEIDL

»Du kriegst die Leute aus Garath,
aber Garath nicht aus den Leuten.«

*—Holger H.*

# DER IRRE ELE

Abgekoppelt vom Rest der Welt sitzt der irre Ele in seinem Rollstuhl, starrt aus dem Fenster und wartet. Auf den Nachbarn, den Pfleger, die Polizistin, einen wässrigen Schiss, auf irgendwas. Aber alles, was passiert, ist, dass ihm der Kopf hin und her und vor und zurück zittert. Die schnellen Bewegungen balancieren seine Gedanken aus. Die nämlich schwirren da drinnen rum, in seinem Kopf, und finden den scheiß Ausgang nicht, die kommen einfach nicht da raus. Und wenn er den Mund aufreißt, weil er denkt, dass selbst ein blindes Huhn mal ein Korn oder ein umherfliegender Gedanke mal den Ausgang finden *muss*, dann fängt er an zu stottern oder zu brabbeln und wird darüber so sauer, dass er kurz darauf wie ein Irrer zappelnd und zitternd und spuckend in seinem Rollstuhl auf und ab hüpft. Und auch wenn es auf der Hand läge, ist das nicht der Grund, warum man ihn den irren Ele nennt.

Oder nannte.

Die, die ihn früher einmal so genannt hatten, die hatte er nicht mehr gesehen, seit er den Camaro gegen das Kassenmodell hier eingetauscht hatte. Dieses scheiß Behindertentaxi.

Der irre Ele war ein Mythos gewesen. Wie der Marlboro Mann. Oder Michael Jackson. Über den irren Ele hatte man sich Geschichten erzählt. In den Kneipen, auf den Polizeiwachen, in den Krankenhäusern. Einige der Geschichten hatten einen wahren Kern, die meisten aber waren das Ergebnis von Langeweile und dem Drang, der Welt irgendwas mitzuteilen. Und er hatte dem nie widersprochen. Warum auch.

Einmal, da hatte er in dieser Kneipe gesessen, dem Kippchen, und die beiden Vögel am Tresen, die hatten ihm eine Geschichte erzählt. Eine Geschichte, in der der irre Ele auf der Flucht vor den Bullen vom Dach eines Kaufhauses in die Krone eines Baums gesprungen war, sich wie Johnny Weissmüller in »Tarzan, der Affenmensch« heruntergehangelt hatte – nicht, dass der irre Ele ein Affe wär, so wäre das nicht zu verstehen – und laut lachend und den beiden Bullen die Mittelfinger zeigend in den Seitenstraßen der Innenstadt verschwunden war.

»Ich bin übrigens der Micha«, hatte der eine gesagt, »und das hier ist der Udo.«

»Wie der Lindenberg«, hatte der andere gesagt. »Nur ohne Hut.«

»Und, dass du nicht in nem Hotel wohnst«, hatte der eine geantwortet.

»Ne«, hatte der andere gesagt. »Total unpersönlich, so in nem Hotel zu leben.«

»Woher willst du denn das wissen? Warst du überhaupt schon mal in nem Hotel?«

»Klar war ich das! Da war ich zur Fortbildung in Frankfurt. Weißt du doch. Als ich in diesem Restaurant war. Das von Goethes Opa.«

»Im Weidenhof.«

»Genau, im Weidenhof. Da war ich im Hotel.«

»Stimmt.«

»Total unpersönlich da.«

»Und du? Wer bist du?«, hatte der eine Ele gefragt.

»Ich bin der Andi«, hatte Ele gesagt. »Andi mit i.«

Dann hatte er sich weiter Geschichten vom irren Ele angehört. Einige kannte er, andere waren ihm neu, und eine Geschichte, die war ihm so peinlich, dass er den hinteren der beiden, Udo, dass er den fast vom Hocker geboxt hätte.

Bis zu der Sache mit dem Camaro hatte er vieles über sich gehört. Aber die Begegnung mit den beiden Vögeln im Kippchen, diese Erinnerung, die war so eine Art Wärmelampe. Wenn er die Schnauze voll hatte. So richtig voll. Wenn er an der Klippe zum Wahnsinn stand, oder saß, in seinem scheiß Rollstuhl hier, dann holte er sie raus, die Lampe, knipste sie an und genoss das rot orangene Licht. Er hatte ihr auch einen Namen gegeben, der Erinnerung. »Die Geschichte vom irren Ele«, hatte er sie getauft.

Das war der irre Ele gewesen.

Heute war er nur noch Elmar Maretczka. Der behinderte Brabbel-Affe im Rollstuhl. Der Zitter-Ele. Der Spuck-Spasti. Heute war sein Highlight die Polizistin, die ihn ab und an besuchte. Die ihn damals aus dem Camaro gezogen und wiederbelebt hatte.

Hätt sich mal mehr Mühe geben sollen, die blöde Fotze.

Hat sie aber nicht. Darum sitzt er jetzt in diesem Behindertentaxi. Sitzt und starrt und wartet darauf, dass die blonde Bullenkuh kommt, sich neben ihn setzt und sich entschuldigt. Die Frau vom Pflegedienst hat ihr sogar einen Schlüssel nachmachen lassen. Seine Haustürschlüssel. Die Alte, die es verkackt hatte, ihn wiederzubeleben, ihn richtig wiederzubeleben, die ging bei ihm ein und aus, als zahle die Miete. Und dann klingelte die immer, bevor sie die Tür aufschloss. Als könnte er ihr aufmachen. Oder »Herein« rufen. Die klingelt, schließt auf, kommt rein, sagt »Hallo Elmar«, so als wären sie beide Geschwister, oder so. Dann nimmt sie sich einen Stuhl, setzt sich neben ihn und erzählt ihm Dinge, die ihn einen Scheiß interessieren. Die Mutter hat wieder Ärger mit den Drogendealern vor ihrer Tür, die Judith wurde im Einsatz verletzt, der Ferit angeschossen, nach Feierabend, Gott sei Dank, hätte der nämlich seine Dienstwaffe dabei gehabt, der hätte keine Sekunde bla bla bla. Und dann, auf einmal, fängt die an zu heulen, entschuldigt sich schluchzend, steht auf und läuft davon. Immer! Aber wenn hier irgendwem zum Heulen wär, dann ja wohl ihm! Dem irren Ele!

Er in einem Rollstuhl. So eine Scheiße.

Er hat Hunger. Nicht auf Pudding oder Joghurt oder auf die Magensonden-Scheiße, richtig Hunger. Auf ein Steak. Mit Bratkartoffeln. Und Zwiebeln. So lange in der Pfanne geröstet, bis die Kartoffeln richtig kross sind. Nicht ganz, aber beinahe wie Pommes. Mit Salz und Pfeffer. Nicht das grobe Zeug. Das versaut dir bloß den Geschmack, wenn du plötzlich auf einen Salzkristall beißt, so groß wie ein Fünfcentstück. Salz aus dem Streuer, Pfeffer aus dem Streuer. Und dazu ein Bier. Meine Fresse. Ficken und Bier. Er würde töten für Ficken und Bier. Aber weder Ficken noch Bier noch Töten wird in seinem Leben noch mal eine Rolle spielen, das weiß er. Der Körper ist zwar behindert, aber der Kopf, der ist noch voll da.

Ficken und Bier, ey. Das wär was.

Es klingelt an der Haustür. Ein Schlüssel schiebt sich ins Schloss. Er schließt die Augen. Atmet ein und aus und denkt an ...

## DAS KIPPCHEN

An manchen Tagen ist es im Kippchen schlimmer als zu Hause. An diesen Tagen ist sie kaum auszuhalten, die Stille. Man kann alles hören. Sogar das Atmen. Wie Verzweiflung mit Raucherhusten klingt das.

Nichts passiert.

Wirklich gar nichts.

Atmen und Trinken und das war's.

»Irgendwann sterben wir einfach«, sagt Udo.

»Ich weiß«, sagt Micha.

Julia sieht von ihrem Handy auf. Mit einem Akzent so kantig wie die Alpen sagt sie: »Was wisst ihr schon.« Dann verschwindet sie wieder kopfüber in ihrem Smartphone.

Ohne einmal abzusetzen, trinkt Udo sein noch frisches Glas Bier aus. Micha folgt ihm. »Julia?«, fragt Micha. »Machst uns noch zwei Bier?«

Julia legt das Handy beiseite, nimmt die beiden leeren Gläser vom Tresen, spült sie im Spülboy und stellt sie auf das Abtropfgitter. Sie nimmt zwei neue Gläser vom Rückbuffet, wischt sie mit dem rot-weiß karierten Spültuch aus, hängt sich das Tuch über die Schulter. Viel zu schnell lässt sie das Bier aus dem Zapfhahn in die Gläser laufen. Dann stellt sie die Gläser vor Udo und Micha auf den Tresen: zwei drittel Bier, ein drittel Schaum.

»Danke«, sagt Micha.

»Richtig Mühe gegeben hat die sich«, sagt Udo. Er klingt, als habe er auf nüchternen Magen acht Bier in einer halben Stunde getrunken.

Julia nimmt ihr Handy und verschwindet wieder darin.

»Scheiß drauf«, sagt Udo. »Prost.«

»Prost«, sagt Micha.

Als irgendwann später die Tür aufgeht und diese Frau im Kippchen steht, haben Udo und Micha zur selben Zeit den gleichen Gedanken: Die will hier arbeiten. Auch Julia sieht auf die Frau, sieht sie an, als wäre die Frau hier, um ihr zu sagen, dass Julias Mann jetzt ihrer wär.

»Hallo«, sagt die Frau. »Haben Sie geöffnet?«

Durch die Höflichkeit der Frau beruhigt, sieht Julia wieder auf ihr Handy.

»Is auf«, sagt Udo.

»Komm rüber«, sagt Micha. »Setz dich. Willst du was trinken?«

Die Frau kommt näher, setzt sich ans Ende des Tresens. »Ein Bier vielleicht«, sagt sie. Julia legt ihr Handy beiseite, zapft ein Bier, schlängelt ein Pilsdeckchen um den Stiel des Glases und stellt es auf einem Bierdeckel vor die Frau auf den Tresen.

»Guck mal, Udo«, sagt Micha. »Sie kriegt sogar einen Bierkragen.«

»Hat sie in ihr Herz geschlossen, die Julia«, sagt Udo. »Prost.«

»Prost.«

»Prost.«

Julias Handy macht ein Geräusch. Dann ist da wieder diese Stille.

Sie dauert beinahe zwei Bier, die Stille, bis die Frau am Ende des Tresens plötzlich zu weinen anfängt. Als sei ihr in diesem Augenblick eingefallen, dass sie nur noch dieses eine Bier zu trinken hat, bevor sie tot umfällt, wirft sie den Kopf in ihre Hände und weint so bitterlich wie ein herrenloser, hellbraun gefleckter Beagle nachts allein im finstren Wald. Julia lässt ihr Handy auf die Ablage fallen, geht rüber zur weinenden Frau und legt ihr die Hand auf die Schulter.

»Is alles in Ordnung, Mädchen?«, fragt Udo.

»Bist du blind, nicht in Ordnung«, schnauzt Julia Udo an. »Ist auch kein Mädchen, ist Frau.«

»Ja ja«, sagt Udo. »Wollt ja bloß helfen.«

Unter Julias Hand zieht das Weinen der Frau ab, zischt, gurgelt und geht über in ein Schluchzen. Die Frau hebt den Kopf. Wischt sich die Tränen aus dem Gesicht.

»Vodka?«, fragt Julia.

»Danke, nein«, sagt die Frau. »Alles okay. Wirklich. Mir geht's gut.« Sie lächelt. Zieht die Nase hoch. »Ich hab nur manchmal ... also manchmal, da muss ich ...« Tränen schießen ihr aus den Augen, fließen hinab wie wildes Gewässer. Als wäre die Frau ihre Enkelin, fasst Julia ihr mit beiden Händen ins Gesicht, streichelt ihre Wangen, wischt ihr mit dem Daumen die Tränen von der Haut.

»Entschuldigung?« Michas Stimme klingt, als probiere sie mit jedem Schritt, mit jeder Silbe, ob der See schon gefroren ist oder nicht. »Können wir irgendwas für Sie tun?«

Die Frau atmet ein paar Mal tief durch. Julia nimmt ihre Hände aus dem fremden Gesicht.

»Wissen Sie«, sagt Micha, »wir sind ganz passable Zuhörer.«

»Naja«, sagt Udo

»Bekomm ich noch ein Bier, bitte?«, fragt die Frau, trinkt ihr Glas leer und stellt es vor Julia ab. Die nimmt es und geht. Die Frau holt noch einmal tief Luft. Beim Ausatmen flattern ihre Lippen. Ein Geräusch, fast wie von einem Pferd. Dann zieht ein Lächeln in ihr Gesicht. »Es ist wirklich –«

»Ist nicht in Ordnung«, sagt Julia. »Sogar Udo kann sehen.«

»Jep«, sagt Udo.

Die Frau sagt nichts mehr. Julia zapft.

»Ist kein стыд*, wenn man kann nicht mehr«, sagt Julia. »Und hilft sagen, was auf Geist liegt.«

»Auf der Seele«, sagt Micha. »Was einem auf der Seele liegt.«

Julia ignoriert ihn.

»Glauben Sie?«, fragt die Frau.

»Weiß ich«, sagt Julia. Sie stellt ein volles Glas Bier vor der Frau auf den Tresen und geht ein paar Schritte zurück.

»Okay?«, sagt die Frau, guckt abwechselnd auf ihr Bier und auf Julia. Dann sagt sie: »Ich bin Polizistin.«

»Da würd ich auch nur heulen«, sagt Udo. Julia peitscht mit dem rot-weiß karierten Spültuch in Udos Richtung. »Mund« zischt sie. Udo hebt die Hände. Aber die Frau ist verstummt. Das Bier mit den Händen umklammert sitzt sie da und starrt in ihr Glas, so wie Julia sonst in ihr Smartphone starrt.

»Schau mal«, sagt Micha und beugt sich den Tresen hinüber zur Frau. »Der Udo und ich, ne, wir haben keine Ahnung, was dich bedrückt. Ich mein wirklich, was wissen wir schon. Wir sitzen die ganze Zeit hier und zählen die Gläser in dem Spiegelschrank da hinten.«



* Schande

»Ey«, sagt Udo.

»Aber das eine weiß ich«, sagt Micha. »Wir haben alle unser Päckchen zu tragen.« Er sieht zu Julia. So, als lasse er sich den Satz von ihr abnehmen. »Und manchmal hilft das ja schon, wenn man weiß, dass man nicht alleine ist. Stimmt doch Udo, oder?«

»Sicher«, sagt Udo.

»Siehst du? Jeder hat so seine Sorgen. Der eine mehr, der andre weniger, aber alle schleppen sie ihre Päckchen mit sich rum. Der Udo hier zum Beispiel, der hatte mal Familie.«

»Hör doch auf«, sagt Udo.

»Was denn? Vielleicht hilft ihr das.«

»Wie soll ihr das denn helfen?«, ruft Udo. »Und was geht die meine Familie an?«

»Was ist mit Ihrer Familie?«, fragt die Frau.

»Sind gestorben«, sagt Micha und zieht seinen Oberkörper zurück vor sein Glas Bier. »Erst die Frau, aber das ist schon was länger her, und letzte Woche Udos Mutter.« Udo sagt nichts mehr. »Schlimmer Tod war das«, sagt Micha in sein Bier hinein und dreht dabei das Glas in seiner Hand.

»Das tut mir leid«, sagt die Frau. »Mein Beileid.«

»Der redet da nicht gern drüber, der Udo«, sagt Micha. »Aber der macht weiter. Was soll man auch sonst machen, oder? Hält ja keiner an die Welt, wenn einer stirbt. Geht ja immer weiter.«

»Ja.«

»Der Micha braucht ein neues Herz«, sagt Udo. Es klingt, als sei Udo bockige acht Jahre alt. *Der Micha braucht ein neues Herz.*

»Was?«, fragt die Frau. »Warum?«

»Hat seines kaputt gesoffen«, sagt Udo und trinkt.

»Wirklich?«, fragt die Frau.

»Nein«, sagt Micha, »Quatsch. Das war schon immer nicht in Ordnung. In der Schule beim Sport bin ich nach einer halben Runde in der Turnhalle immer umgefallen. Die haben alle gedacht, ich würd das extra machen. Weil ich keine Lust auf Sport hab. Hatte ich auch nicht. Aber ich hab trotzdem immer mitgemacht.«

»Und bist immer umgefallen«, sagt Udo.

»Bin ich«, sagt Micha.

»Idiot«, sagt Udo.

»Und irgendwann dann«, sagt Micha, »da war ich schon über die Vierzig drüber, da war ich bei einem Arzt und der hat rausgefunden, dass mit meinem Herz was nicht in Ordnung ist. ›Das pfeift aus der letzten Lunge‹, hat der gesagt. Ein guter Witz, wenn man mal darüber nachdenkt. Das Herz, das aus der Lunge pfeift.«

»Und jetzt braucht der ein neues Herz«, sagt Udo.

»Oje«, sagt die Frau. »Das tut mir leid.«

»Tja«, sagt Micha. »Das alte macht's nicht mehr lange, haben sie gesagt.«

»Aber der Micha kriegt kein neues Herz«, sagt Udo.

»Was?«, ruft Julia. »Warum du kriegst nicht Herz? Kriegt jeder Herz!«

»Die wachsen ja nicht auf Bäumen, die Herzen«, sagt Micha. »Die sind sehr selten. Und nur für die Guten. Für die, die nicht trinken und nicht rauchen. Die gesund essen, immer Sport machen, fleißig sind und was mit ihrem Leben anstellen.«

»Und wenn Sie mit dem Trinken aufhören?«, fragt die Frau. Micha lacht kurz auf. »Einen alten Baum verpflanzt man nicht«, sagt er.

»Was meint?«, fragt Julia.

»Das *meint*«, sagt Udo, »dass man zu alt ist, um sich zu ändern.«

»бред*«, sagt Julia. »Man nie zu alt zum Ändern.«

»Du bist noch jung«, sagt Udo. »Du hast keine Ahnung.«

»Nein, hast *du* keine Ahnung«, ruft Julia. »Musste ich auch ändern, alles! Meine ganze Familie! Meine Leben! Und sitze ich nicht und trinke?«

»Nein«, sagt Udo. »Du spielst nur mit deinem Handy rum.«

»Spiele ich nicht, schreibe ich. Mit Kindern. Sind zu Hause allein.«

»Sie haben Kinder?«, fragt die Frau.

»Zwei«, sagt Julia. »Junge und Mädchen.«

»Und wie heißen die?«

Julia zögert kurz. Dann sagt sie: »Ana und Artem.«

»Und wie alt sind die beiden«, fragt Micha.

»Zu jung für alleine Zuhause.«

»Und warum bist du dann hier?«, fragt Udo.

»Weil ist so schön hier«, zischt Julia. »Bist *du* blöd, warum ich hier? Bekomme ich Geld, dass ich gebe dir Bier.«

»Was ist mit Ihrer Familie passiert?«, fragt die Frau.

Vier Schlucke Bier lang sieht Julia die Frau an. Dann sagt sie: »Das ist ...

## EINE LANGE GESCHICHTE

Der Krieg ist im Fernsehen genau so weit weg wie in dem Augenblick, wenn dir eine Bombe die Wand aus deinem Schlafzimmer reißt.

Jahrelang schon hatten sie im Staatsfernsehen darüber gesprochen. »Einmarsch der Separatisten.« »Kriegserklä-

* Quatsch

rung an die Heimat.« »Wieder zwei Tote bei Explosion am Stadtrand.« Wir hatten im Wohnzimmer gestanden und die Bilder gesehen. Erst waren wir sprachlos gewesen. Dann wütend. Dann mussten die Kinder in die Schule, Bohdan ins Amt und ich in den Supermarkt.

»Mama«, rief Ana und zeigte auf den Fernseher, »Mama, was ist das?«

»Nichts.« Bohdan schaltete den Fernseher aus.

»Was war mit dem Mädchen?«, fragte Ana. »Warum hat die geweint?«

»Geh und iss dein Frühstück«, sagte ich.

»Ich bin fertig«, sagte Ana.

»Ana hat ihren Kakao nicht getrunken!«, rief Artem aus dem Esszimmer.

»Du bist so eine Petze!«, rief Ana.

»Trink deinen Kakao, Schatz«, sagte Bohdan.

»Okay«, sagte Ana und ging. Bohdan sah mich an und zuckte mit den Schultern: Tut mir leid.

Seitdem lief der Fernseher ständig. Und je mehr sie über die Kämpfe berichteten, desto weniger hörten wir zu. Wir bekamen nicht mit, wie Bomben einen Teil des Landes in Schutt und Asche legten. Wir bekamen nicht mit, wie sich die Kämpfe Meter um Meter näherten. Und als Bohdan eines Abends von der Arbeit nicht nach Hause kam, brachte ich das in keinen Zusammenhang mit den Bildern im Fernsehen. Selbst als ich meinen Mann auf dem Amt anrufen wollte und die Leitung tot war, selbst da waren das zwei völlig unterschiedliche Handlungsstränge. Im Fernsehen tobte ein Krieg, ich suchte meinen Mann.

Das letzte Mal, dass ich ohne Bohdan eingeschlafen war, war in der Nacht nach Anas Geburt gewesen. Das war jetzt wie lange her? Fünf Jahre? Auf jeden Fall lange genug, dass ich nicht gedachte hätte, ohne ihn einschlafen zu können.

Dass ich trotzdem eingeschlafen war, merkte ich erst in dem Augenblick, als ein Knall, so laut wie eine Bombe, die neben deinem Bett explodiert, die Wand meines Schlafzimmers aus dem dritten Stock unseres Hauses riss. Die Kinder schrien, ich schrie, alle schrien, und draußen, hinter dem Loch in meiner Schlafzimmerwand, da brannte die Welt.

»Mama!«, rief Ana, »Mama!«

»Papa!«, rief Artem, »Papa!«

Ich sprang aus dem Bett, rannte ins Kinderzimmer.

»Mama.« Ana weinte, Artem weinte, ein zweiter Knall ließ unser Haus erzittern. Ich balancierte mich aus wie auf einem Seil, hoch oben in der Luft. Ana schrie, Artem schrie.

»Kommt mit!«, rief ich und packte die Kinder, »Kommt!«

»Wo ist Papa?«, rief Artem.

»Komm jetzt!«, schrie ich, aber Artem blieb liegen, blieb in seinem Bett, als hätte ihn jemand in die Matratze hinein betoniert.

»Komm Artem!«, rief Ana. Sie zog ihrem Bruder die Decke weg und sah auf den Fleck zwischen seinen Beinen, sah auf ihren großen und weinenden Bruder. »Komm schon!«, rief Ana und griff nach seiner Hand, »Komm!« Ich lief in den Flur, packte unsere Jacken, mein Handy. In der Tür zum Kinderzimmer stand Ana, ihren großen und weinenden Bruder an der Hand. »Er hat Pipi gemacht«, sagte Ana.

»Ich weiß, Schatz«, sagte ich. »Das ist nicht schlimm, hörst du? Artem hat sich erschrocken.« Artem weinte.

»Und jetzt ist er ein bisschen durcheinander. Kannst du ihn an der Hand halten?« Ana nickte. »Gut, mein Schatz. Okay. Pass auf.« Von irgendwo ein Knall. Leiser als der Letzte. »Du hältst jetzt deinen Bruder gut fest. Und dann gehen wir zusammen in den Keller, okay?« Ana nickte. »Gib mir deine Hand.« Ana gab mir ihre Hand. »Ich zähl jetzt bis drei, und dann rennen wir die Treppen runter in den Keller, so schnell wir nur können, okay?« Ana nickte. »Okay. Eins, zwei, drei!«

Ich riss die Haustür auf, packte Artem unter den Achseln, nahm ihn auf den Arm. Mit der anderen Hand griff ich wieder nach Ana, hielt sie fest und zusammen rannten wir die Stufen hinunter in den Keller, rannten und rannten, ohne zu stolpern, Stufe für Stufe, doch als wir vor der Kellertür ankamen, war die verschlossen.

»Die Tür ist zu«, sagte Ana.

»Ich weiß, Schatz.« Ich stellte Artem wieder ab, kramte nach meinem Schlüssel. Ana bearbeitete die Türklinke, so als müsse man die nur oft genug hinunter drücken, so als gäbe es einen Code, um sie zu öffnen: dreimal kurz, viermal lang, dreimal kurz.

»Scheiße!«, rief ich. Dann klackte es und die Tür ging nach außen hin auf.

»Kommt rein«, sagte die alte Elizaveta, »schnell schnell!« Sie schob erst die Kinder, dann mich in den Keller, dann schloss sie die Tür. Von draußen Sirenen wie bei einem Feueralarm. »Kommt mit zu den anderen.« Durch den schmalen Gang folgten wir der alten Elizaveta bis hinein in den Waschkeller. Dort, wo sonst die Wäsche an den Leinen hing, standen sie herum wie aussortierte Küchenschränke.

»Wo ist dein Mann?«, fragte Diana.

Ein Knall durchbrach die Stille meiner Antwort. Laut genug, dass alle zusammenzuckten. Ich vergrub den nach seinem Papa schreienden Artem in meinem Nachthemd. Ana drückte meine Hand. So feste, dass ich sie nicht mehr spürte. Draußen reihte sich eine Explosion an die andere, so akkurat wie Menschen in der Schlange vor einer öffentlichen Toilette, beinahe gesittet. Und manchmal zitterte das Haus heftiger als die Menschen darin.

Ich sah mich im Waschkeller um. Sah die alte Elizaveta. Sah Diana und Sophia und Natalia, sah Ulyana und Maria. »Wo sind *eure* Männer?«, fragte ich. Niemand antwortete.

Ich setzte mich an die Wand gegenüber der Eingangstür. Links und rechts von mir Ana und Artem. Ana legte ihren Kopf in meinen Schoß und schlief so schnell ein, als liefe im Fernsehen ihre Lieblingssendung. Artem hatte aufgehört zu weinen. Er sah aus dem kleinen fensterähnlichen Loch unter der Decke des Waschkellers hinaus in die flackernde Nacht. Irgendwann war auch er eingeschlafen. Und ich saß da, im Keller unseres Hauses, zwischen meinen Kindern und dachte daran, dass das, was da vor den Türen geschah, dass das kein Krieg war, das war ein Terroranschlag. Ein Attentat auf die westliche Welt. Krieg war bei den anderen. Bei denen ohne Handynetz.

Es war die alte Elizaveta gewesen, die gesagt hatte, dass es vorbei sei. Dass wir rausgehen sollten. Helfen. Bei der letzten Explosion war es noch dunkel gewesen, und inzwischen waren durch das Abluftfenster Stimmen zu hören.

»Warten wir noch«, sagte Diana.

»Hörst du das?«, fragte die alte Elizaveta und zeigte

nach draußen. »Worauf sollen wir warten? Dass die Schreie aufhören?«

Dann wurden es weniger Schreie. Diana sah auf den Boden. Ich weckte die Kinder.

»Wo ist Papa?«, fragte Artem, noch nicht ganz wach.

»Bei der Arbeit«, sagte die alte Elizaveta. »Bei dem Krach gestern konnte doch niemand auf die Straße. Darum sind alle Männer bei der Arbeit geblieben, nicht wahr?«

»Richtig«, sagte ich, sah mich um, stand auf.

»Wir sollten zusammenbleiben«, sagte Sophia.

Ich nahm mein Handy, wählte Bohdans Nummer. Die alte Elizaveta sah mich an. Ich schüttelte den Kopf, steckte das Handy zurück in meine Jacke. »Kinder?«, sagte ich, »ich geh kurz nach oben und hol uns ein paar Sachen. Ihr bleibt so lange bei Elizaveta, okay?«

»Okay«, sagte Ana. Artem nickte, die Augen noch ganz verklebt. Die alte Elizaveta drückte die beiden Kinder an sich, als seien es ihre eigenen. »Ich bin gleich wieder da.« Ich küsste Ana und Artem. Dann ging ich aus der Waschküche. »Der Schlüssel!«, rief die alte Elizaveta. »Der Kellerschlüssel.« Sie gab ihn mir.

Die Kellertür klemmte. Ich warf mich mit aller Kraft dagegen. Einmal. Zweimal. Beim dritten Mal knirschte sie nach außen hin auf. Kleine und etwas größere Steinbrocken rutschten unter die Metalltür, kratzten Schlieren in die vor ein paar Stunden noch gebohnerten Steinfliesen. Jeder Schritt klang wie ein Kies-Mahlwerk. Ich ging hinauf ins Erdgeschoss.

Wie das verdrehte Bein eines Mannes, der ungünstig vom Dach eines zweieinhalbstöckigen Hauses gefallen war, hing die Haustür im Rahmen. In der Luft ein Geruch wie am Neujahrsmorgen. Nur intensiver. Ich stieg die Treppen weiter hinauf bis in den dritten Stock.

Unsere Wohnungstür stand auf. Ich ging hinein. Im Flur lag eine Hälfte meines Nachtschränkchens. Im Schlafzimmer fehlten die Wand, Teile des Bodens und der Teil des Bettes, in dem Bohdan gelegen hätte, wäre er zu Hause gewesen. Rauch stieg aus anderen Häusern auf. Menschen liefen umher. Einige hatten Ketten gebildet und trugen Steine, große und kleine, von Orten, an denen einmal Häuser gestanden hatten. Ich ging bis an die Abbruchkante meines Schlafzimmers. Ich sah nach links. Sah nach rechts. Sah makellose Häuser zwischen Schutt und Asche.

Das Wohnzimmer sah aus, als wären wir aus einem sehr langen Urlaub zurückgekommen: Staub auf Ordnung. Ich schaltete den Fernseher ein. Sie sprachen über einen Krieg, der sich immer weiter ausbreitete. Einen Krieg, der jetzt auch Teile des Landes erreicht hatte, die bisher verschont geblieben waren. Und gerade als der Nachrichtensprecher den Namen einer Stadt nannte, sagte mein Mann in einem ungewohnt dünnhäutigen Ton: »Wo sind die Kinder?« Wie nach dem Knall, der die Wand aus unserem Schlafzimmer gerissen hatte, drehte ich mich um und sah auf den in grauen Staub gewickelten Bohdan. Ich schrie auf, hielt mir die Hände vor den Mund. »Wo sind die Kinder?«, wiederholte er. Ich rannte auf ihn zu und seine Arme umschlangen mich und ich weinte, weinte laut und schlug auf seinen Rücken und der Staub wirbelte auf und hing da wie eine Aura. Bohdan hielt mich fest, drückte mich an sich. Seine Angst war so körperlich, man hätte ihr einen Namen geben und sie taufen können.

Ich atmete tief und gleichmäßig. Sah ihn an. »Denen geht's gut«, sagte ich.

»Wo sind sie?«
»Im Keller. Bei der alten Elizaveta.«
»Okay«, sagte Bohdan. »Wir müssen hier weg.«
»Was? Wohin?«
»Ich weiß nicht, aber wir müssen hier weg.«
»Bohdan, wir können hier nicht weg!«
»Es wird schlimmer«, sagte er.
»Wer sagt das?«
»Die Regierung.«
»Unsere?«, fragte ich.
»Alle.«
»Dann bleiben wir im Keller.«
Bohdan packte mich an den Schultern, packte mich fest und unbarmherzig. »Die Kinder müssen hier weg«, sagte er. Ich dachte an das Schlafzimmer. Dachte an die Kinder. Dann hörte ich auf zu denken.
»Ich hab dich angerufen«, sagte ich.
»Alle Leitungen sind tot.«
»Und dein Handy?«
»Ist weg.«
Ich sah mich um. Sah die Bilder im Fernsehen. Orte, die ich kannte. So, wie ich sie noch nie gesehen hatte.
»Wo warst du?«, fragte ich.
»Im Amt«, sagte er. »Wir müssen ein paar Sachen mitnehmen. Papiere, Kreditkarten, Handys, Ladekabel, Zahnbürsten.«
»Aber –«
»Pack alles in die Rucksäcke der Kinder. Wir bleiben ohne Gepäck.«
»Warum –«
»Wir machen einen Ausflug«, sagte Bohdan.
»Okay.«

»Papa!« Artem war aufgesprungen, lief auf seinen Vater zu, der ging in die Knie und Artem fiel ihm um den Hals, beinahe schneller als Ana. Bohdan lachte und stöhnte auf unter dem Druck der Umarmungen seiner Kinder. Die alte Elizaveta wischte sich etwas aus dem Gesicht, und nur Diana sah uns an, als wäre etwas in sie gestiegen, schwarz und haarig und voller Groll.

»Wo warst du, Papa?«, fragte Ana.

»Bei der Arbeit«, sagte Bohdan. »Ich hatte sehr viel zu tun gestern, und dann war es schon dunkel.«

»Und laut!«, rief Artem.

»Laut auch, ja.«

»Hast du auch in einem Keller geschlafen?«, fragte Artem.

»Natürlich«, sagte Bohdan. »Und wir hatten sogar richtige Betten.«

»Du hattest ein Bett?«, rief Ana.

»Größer als das von Mama und mir!« Artem strahlte.

»Kinder?«, sagte Bohdan und stellte sich wieder auf, »wir machen einen Ausflug.«

»Heute?«, fragte Ana.

»Jetzt«, sagte Bohdan.

Ich gab den Kindern ihre Rucksäcke.

»Aber vorher ziehst du eine frische Hose an«, sagte ich zu Artem. »Und dann werden die Zähne geputzt.«

Artem stöhnte, Ana stöhnte, und bis auf Diana waren sie alle sichtbar glücklich über diesen kurzen Einschlag Normalität.

Wie Löcher in einem Käse waren die Zerstörungen über die Stadt verteilt. Wir liefen um ein zerbombtes Mehrfamilienhaus herum und dahinter blühten Bäume und

Sträucher und die bunte Auslage eines Blumenladens. Ein paar Meter weiter war dort, wo einmal die Kassen im Supermarkt gestanden hatten, ein einziges großes Loch, und der Eingang war genauso verschwunden wie die nervigen Regale mit den Süßigkeiten. Wir lenkten Ana und Artem um die Verletzten herum, erzählten den Kindern Geschichten, lauter als die Schreie und das Weinen der Menschen. Mit seinem Sohn an der Hand lief Bohdan über Trümmer und Schutt, als wären die Straßen ein Abenteuerspielplatz. Sie sprangen über Türen, über Balkone und über viele andere Dinge, die herumlagen wie zerfetzte Sylvesterböller.

»Wohin gehen wir?«, fragte Ana.

»Das ist eine Überraschung«, sagte ich und lächelte. Ana sah sich um. Sah, wie ihr großer Bruder auf die Motorhaube eines Autos sprang, dessen Heck vollständig fehlte.

»Artem«, rief ich, »runter von dem Auto!« Artem sah seinen Vater an.

»Tu, was deine Mama sagt«, sagte Bohdan.

Der Bahnhof war so voller Menschen, als gäbe es nur einen einzigen Zug, um sie alle zu evakuieren.

»Kommt mit«, sagte Bohdan und lief uns voran um den riesigen Bahnhof herum. Aber auch an den Haltestellen der Reisebusse standen mehr Leute, als ich jemals zuvor an einem Ort gesehen hatte. Nicht einmal auf dem Konzert im großen Park in London vor ein paar Jahren waren mehr Menschen gewesen als hier.

»Was ist denn hier los?«, fragte Artem.

»Die wollen auch alle einen Ausflug machen«, sagte Bohdan.

»Und jetzt?«, fragte ich Bohdan so leise, dass ich hoffte, nur er könne meine Frage hören. An Anas Gesicht sah ich, dass ich das nicht geschafft hatte.

Dann plötzlich grinste Bohdan so groß und breit und zahnlastig, als hätte ihm gerade jemand gesagt, wie er trotz ausverkauften Kinos an Karten für den neuen Disney-Film käme. Er zog uns vorbei an den Menschen, vorbei an den Bussen, durch den Park hindurch, bis hin zu einem Platz, auf dem einmal ein Gebäude gestanden hatte, groß und grau und imposant.

»Aua!«, rief Ana. Ich sah erschrocken zu meiner Tochter. »Meine Hand!«, rief sie. Ich ließ sie los.

»Entschuldigung«, sagte ich.

»Du hast mir wehgetan«, sagte Ana.

»Tut mir leid, Schatz, das wollte ich nicht. Tut mir leid, wirklich.« Ich hockte mich hin. Nahm ihre Hand, pustete von allen Seiten auf sie ein.

»Ist alles okay?«, fragte Bohdan.

»Alles okay«, sagte ich. »Besser?«, fragte ich Ana. Die nickte. »Dann komm.« Wir gingen weiter.

Der hintere Teil des Gebäudes, in dem Bohdan gearbeitet hatte, war noch intakt. Vor einer kleinen Tür stand ein Wagen mit laufendem Motor, glänzend schwarz und mit getönten Scheiben. »Wartet kurz hier«, sagte Bohdan, ließ uns stehen und ging zum Auto. Er sprach mit dem Fahrer, der vor seinem Wagen stand. Der schüttelte den Kopf und zog an seiner Zigarette. Mit der Ruhe eines Diplomaten redete Bohdan auf den Fahrer ein und zog dabei immer wieder neue Geldscheine aus seinem Portemonnaie. Als das Bündel so dick war, dass man es nicht mehr hätte zusammenrollen können, griff der Mann zu, steckte die Scheine ein, schnippte die Zigarette weg und stieg in seinen Wagen. Bohdan winkte uns zu sich. Wir stiegen ein und fuhren los.

Kurz hinter der Autobahnauffahrt fuhren wir auf das Ende eines Staus zu. Als wäre er Teil der regulären Straße, lenkte der Fahrer den Wagen auf den Standstreifen, drückte einen Schalter in der Mittelkonsole, und begleitet von Blaulicht und einem Ton, ähnlich einer stotternden Sirene, fuhren wir an stehenden Autos vorbei, Kilometer um Kilometer.

Als wir eine Absperrung erreichten, an der jedes Fahrzeug einzeln kontrolliert wurde, sahen die mit Maschinengewehren bewaffneten Soldaten auf unseren Wagen; dann winkten sie uns durch.

Kurz hinter dem Kontrollpunkt sah es aus wie immer. LKWs standen zu Dutzenden auf den Raststätten der Autobahnen, Leichtbauhallen lagen gelangweilt neben der Fahrbahn und unterschieden sich nur durch die riesigen Logos an ihren Wänden.

»Das Spinnenhaus!«, rief Artem und zeigte auf die riesige Halle, die vor Jahren mit einem Spider-Man bemalt worden war, der sich von einem Hochhaus zum anderen schwingt.

»Ich hab Hunger«, sagte Ana.

»Wir haben Kekse«, sagte ich und zog den Reißverschluss an Anas Rucksack auf.

»Ich hab aber richtig Hunger«, sagte Ana.

»Ich auch«, sagte Artem.

»Ihr könnt ein paar Kekse haben«, sagte ich, »es dauert noch, bis wir da sind.«

»Wie lange noch?«, fragte Artem.

»Vier Stunden«, sagte der Fahrer. Seine Stimme klang, wie sich ein frisch gestochenes Piercing in der Zunge anfühlt: klobig und fremd und unignorierbar. Ana und Artem sahen sich an. Ich gab ihnen die Kekse. Sie aßen sie stumm.

Als der Zollbeamte an der Grenze unsere Ausweise kontrollierte, sah er durch das offene Fenster auf der Fahrerseite und sagte: »Sie beide. Aussteigen.« Bohdan und der Fahrer stiegen aus und folgten zwei bewaffneten Beamten in ein Gebäude mit bröckelnder und von der Sonne ausgeblichener Fassade. Ich sah sie nie wieder.

»Sie auch«, sagte der Zollbeamte mit den Ausweisen.

»Und die Kinder?«, fragte ich.

»Aussteigen.«

Während wir aus dem Auto stiegen, kam ein Beamter aus dem Gebäude und fuhr den schwarzen schweren Wagen auf einen Parkplatz.

»Da hinten fahren Busse«, sagte der Beamte, der uns aus dem Auto geholt hatte. Dann gab er mir meinen und die Ausweise der Kinder zurück.

»Ich warte auf meinen Mann«, sagte ich.

»Sie müssen alleine weiter«, sagte der Beamte.

»Wie meinen Sie das, alleine?«

»Ohne Ihren Mann und ohne seinen Fahrer.«

»Warum?«

»Nur Frauen und Kinder.«

»Nur Frauen und Kinder was?«, fragte ich. Der Beamte drehte sich um und ging zurück zum Kontrollpunkt. »Nur Frauen und Kinder was?«, rief ich und lief hinter ihm her, als mich eine Frau am Arm packte, ohne Uniform, aber nicht weniger gefühllos. »Ich bringe Sie zum Bus«, sagte sie.

»Was für ein Bus?«, fragte ich. »Ich will keinen Bus, ich will meinen Mann.«

»Haben Sie Familie, zu der Sie können?«, fragte die Frau.

»Nein, und ich will jetzt sofort zu meinem Mann!«

»Die Busse bringen Sie in eine Unterkunft. Da wird Ihnen geholfen.«

»Ich brauche keine Hilfe, lassen Sie mich zu meinem Mann! Jetzt!«

»Sie machen Ihren Kindern Angst«, sagte die Frau.

»Ich mache meinen Kindern Angst? Sie nehmen ihnen den Vater weg!«

»Entweder Sie gehen jetzt«, sagte die Frau, »oder ich nehme Sie in Gewahrsam und Ihre Kinder kommen in eine Obhut.« Ich atmete. Zitterte. »Gehen Sie«, bestand die Frau.

Ich nahm meine Kinder und lief in Richtung Busbahnhof, als ein grauer, aufgeschwemmter Mann aus dem Gebäude kam. Mit dem Geräusch einer in den Bahnhof einlaufenden alten Dampflok kam er auf mich zu, gab mir Bohdans Brieftasche und lächelte mich an, als hätte er mir einen Gefallen getan. Dann drehte er sich um und ging.

Die Brieftasche war prall gefüllt mit Bargeld. Dazu zwei Kreditkarten, zwei Mastercards, eine Amax und eine Mitgliedskarte für das Fitnessstudio. Bohdans Ausweispapiere waren weg.

»Wissen Sie schon, wo Sie hinfahren?«, fragte eine Frau eine Sitzreihe hinter mir. Vor ihrer Brust ein Baby in einem Wickeltuch. In einer harten Kurve verließ der Bus die Haltestelle.

»Nein«, sagte ich.

»Ich habe eine Cousine in Rosenheim. Das ist in Deutschland. Sie und ihr Mann haben ein großes Haus.«

»Okay«, sagte ich.

»Wie geht es Ihren Kindern?«, fragte sie. Ich sah zu Ana. Sie spielte Karten mit zwei Mädchen. Artem sah einem Jungen zu, der so konzentriert über einen Nintendo gebeugt war, als wäre er auf Klassenfahrt.

»Sie stellen keine Fragen«, sagte ich.

»Mein Sohn auch nicht«, sagte die Frau. »Vielleicht spüren sie, dass wir keine Antworten haben.«

Ich sagte nichts.

»Wurde Ihr Mann auch eingezogen?«, fragte eine andere Frau.

»Nein«, sagte ich.

»Meiner schon«, sagte die Frau mit dem Baby vor der Brust. Und sie und die andere Frau tauschten sich über Explosionen und Zollbeamte und weinende Kinder aus, während hinter den Fenstern eine mir bekannte Landschaft vorbeizog, aufgebrochen von Schildern in einer Sprache, die nicht meine war.

Von der ersten Sekunde an hasste ich die Deutschen. Ihre Blicke waren voller Arroganz. Manchmal lag Wut davor, manchmal Mitleid, aber immer flammte dahinter ein mannshohes Selbstvertrauen, dass die Welt sie schon von allem Elend ausschließen wird. Schließlich waren sie die Deutschen. Die Erfinder von Auto, Wirtschaftswunder und Schoah.

Vor der Turnhalle standen Männer und Frauen. Bepackt mit Tüten und Kisten gaben sie vorne ab, was sie nicht mehr brauchten. Und die, die all das entgegennahmen – alte Kleidung, altes Spielzeug, neue Windeln und palettenweise Hundefutter –, gaben es an die weiter, die um die Deutschen herum zum Hintereingang geführt wurden.

Die Betten waren orangefarbene Militär-Gartenliegen, jeweils vier Stück pro mit Bauzäunen abgetrenntem Bereich. Und die Frau, die sie zu Ana und Artem und mir gelegt hatten, hustete so laut, dass man beinahe den Lärm vergaß, den Hunderte Menschen in einer Turnhalle machten.

»Wo ist Papa?«, fragte Artem. Ich griff erst seine, dann Anas Hand, dann lief ich zu einem Deutschen, von dem ich mitbekommen hatte, dass er meine Sprache konnte.

»Wo müssen wir uns anmelden?«, fragte ich ihn.

»In der Stadt wird gerade ein Meldezentrum aufgebaut.«

»Wo ist das?«

Der Mann sah auf Ana und Artem. »Das dauert noch ein paar Tage«, sagte er.

»Wie lange?«

»Ich weiß es nicht. Zwei Tage? Drei? Vier vielleicht.«

»Schreiben Sie mir die Adresse auf.«

»Aber es dauert –«

»Es dauert noch, das hab ich verstanden. Ich brauche die Adresse. Bitte.« Ich reichte ihm Zettel und Stift aus meiner Tasche. Er schrieb etwas auf, gab mir beides zurück.

»Wo finde ich ein Hotel?«, fragte ich.

»Ein Hotel?« Der Mann sah mich an, als hätte ich ihn nach seiner Lieblingsautomarke gefragt.

»Ein Hotel«, sagte ich. »Wo finde ich ein Hotel?«

»Das ... Also da muss ich ...« Er kratzte sich am Hinterkopf und sah sich um, als suche er jemanden.

Dann fing er sich wieder. »Hören Sie. Sie sollten jetzt nicht alleine sein.« Ich sah mich um. »Ich weiß, es ist sehr laut hier. Und es sind wirklich sehr viele Menschen. Aber Sie sind hier nicht alleine.« Ich sah ihn an. »Hier sind auch andere Kinder«, sagte der Mann.

Wir gingen zurück in unseren Bereich.

In der ersten Nacht schlug ich mit Anas Rucksack nach der hustenden Frau. Aber ihre Schreie waren genauso laut wie ihr Husten. Darum hörte ich bald wieder auf.

Am zweiten Tag wollte ich mit den Kindern in den Ort. Aber nicht nur um unser Separee, sondern auch um die Turnhalle herum stand jetzt ein Bauzaun.

»Wo ist der Ausgang?«, fragte ich eine Frau mit Namensschild. Sie zuckte mit den Achseln und sagte etwas, das ich nicht verstand. Ich ließ sie stehen und suchte den Mann, der mir tags zuvor die Adresse aufgeschrieben hatte. Ich fand ihn mit zwei anderen Männern rauchend vor der Turnhalle.

»Wo ist der Ausgang?«, fragte ich ihn.

»Welcher Ausgang?«

»Da steht ein Zaun«, sagte ich und zeigte auf den Zaun. »Warum steht da ein Zaun?«

»Der ist zu Ihrer Sicherheit«, sagte der Mann.

»Vor wem muss ich in Sicherheit gebracht werden?« Die Männer sahen sich an. Einer, der auch meine Sprache konnte, sagte: »Es gibt in diesem Land leider Menschen, die wollen nicht, dass Sie und Ihre Kinder hier sind.«

»Ich will das auch nicht«, sagte ich. »Wo ist der Ausgang?«

»Bleiben Sie hier«, sagte der Mann mit der Adresse

eindringlich. »Sie und Ihre Kinder. Bleiben Sie hier. Es dauert nicht mehr lange.« Der andere Mann nickte.

Wir gingen zurück in unseren Bereich.

In der zweiten Nacht schlug ich die Frau neben mir so hart, dass sie weder hustete noch schrie. Dann drehte ich mich um und schlief zum ersten Mal seit Tagen mehrere Stunden am Stück.

Als ich aufwachte, war die Frau weg.

»Ich hab Hunger«, sagte Ana.

»Ich will Fußball spielen«, sagte Artem.

»Erst Frühstück«, sagte ich, »dann Zähneputzen, dann Fußball.«

»Wir stellen uns schon mal an«, sagte Ana, und zusammen mit ihrem großen Bruder lief sie los.

Die Schlange an der Essensausgabe war länger als die vor den Toiletten.

Am dritten Tag wurde es ruhiger. Gespräche waren geführt, Meinungen ausgetauscht. Alle saßen sie jetzt über ihre Handys gebeugt, Frauen wie Kinder, und scrollten durch Nachrichten aus der Heimat und durch anderer Leute Leben.

Am vierten Tag kam der Mann und sagte, dass das Meldezentrum jetzt geöffnet habe. »Nehmen Sie den Bus«, sagte er. »Der fährt Sie und Ihre Kinder hin.«

Die Straßen, durch die der Bus fuhr, sahen aus wie unsere. Sie waren kleiner und die Autos darauf hatten mehr Glanz, aber es wirkte nicht, als wären wir besonders weit weg von zu Hause.

»Ein McDonalds!«, rief Artem.

»Ich will Chicken Nuggets!«, rief Ana.
»Ich auch!«, rief Artem, »Bitte, Mama!«
Ein Motorrad zog an unserem Bus vorbei, knatternd wie ein Maschinengewehr. Ein Junge ganz vorne im Bus fing an zu weinen.

Die Schlangen vor dem Meldezentrum waren länger als die vor der Essensausgabe. Vor dem einzigen Eingang verliefen drei Menschenketten. Eine links um das Gebäude aus Glas und Stahl herum, eine rechts, und eine reichte von den Treppen bis hinunter auf die Hauptstraße. Autos hupten, fuhren mit quietschenden Reifen um die Frauen und Kinder herum. Aus den Fenstern Mittelfinger. Menschen wie wir wechselten die Straßenseite. Manche sahen wütend aus, manche mitleidig, alle erhaben. Eine Frau um die fünfzig lief die Menschenschlangen entlang. Sie sagte etwas, das klang wie ein weicher Bombenhagel, gab den Kindern Süßigkeiten und streichelte ihnen über die Köpfe. Als sie bei uns ankam, zog ich Ana und Artem an mich. »Gehen Sie«, sagte ich. Im Gesicht der Frau Geduld und Selbstvertrauen, dass mir schlecht wurde. Und als sie zwei Bonbons aus ihrer Tasche zog, schrie ich sie an, so laut, dass es niemanden brauchte, der übersetzte. Das Lächeln flog aus dem Gesicht der Frau, wie ein paar Tage zuvor die Wand aus meinem Schlafzimmer geflogen war. Zum Vorschein trat eine Wut, böse und roh. Dann plötzlich erschrak die Frau, drehte sich um und lief davon.

Als wir acht Stunden später im Großraumbüro des Meldezentrums am Schreibtisch eines Mannes saßen, war dessen Gleichgültigkeit wie ein Kluburlaub mit ganztägiger Kinderbetreuung.

»Woher kommen Sie?«, fragte er in meiner Sprache.

Ich sagte es ihm.

»Haben Sie jemanden, zu dem Sie können?«, fragte er.

Ich verneinte.

»Möchten Sie bei einer Familie untergebracht werden?«

Ich verneinte.

»Hier ist ein Formular, das füllen Sie aus und geben es mir zurück.«

»Jetzt?«

»Jetzt, oder Sie nehmen es mit und bringen es morgen.«

Ich nahm den Kugelschreiber vom Tisch und füllte das Formular aus, das in meiner Sprache verfasst war.

»Haben Sie Vermögen?«, fragte der Mann.

»Was für Vermögen?«, fragte ich.

»Geld. Haben Sie Geld?«

»Nein.«

»Haben Sie ein Bankkonto?«

»Ja.«

»Haben Sie Zugriff darauf?«

»Ja.«

»Dann füllen Sie noch dieses Formular aus und geben es mir zurück.« Er gab mir ein weiteres Formular. »Sie bekommen ein Zimmer in einem Hotel zugewiesen«, sagte er. »Können Sie arbeiten?«

»Ja«, sagte ich.

»Sprechen Sie Deutsch?«

»Nein.«

»Dann können Sie nicht arbeiten.«

»Ich lerne schnell«, sagte ich. »Sehr schnell.«

Der Mann nahm meine ausgefüllten Formulare, heftete sie zusammen und legte sie oben auf die überlaufende Ablage am rechten Rand seines Schreibtisches. Dann sah er mich an. »Sie fahren jetzt zurück in die Aufnahmestation«, sagte er so gelangweilt, dass ich beinahe lachte, »und holen Ihre Sachen.« Er gab mir einen Zettel. »Ein anderer Bus bringt Sie und Ihre Kinder dann in ein Hotel. Da können Sie bleiben.«

»Okay.«

»Sie bekommen in den nächsten Tagen Geld überwiesen. Davon können Sie kaufen, was Sie brauchen.«

»Okay.«

»Dieses Geld muss bis zum Monatsende reichen.«

»Okay.«

»Dann bekommen Sie neues Geld.«

»Okay.«

»Willkommen in Deutschland«, sagte er.

»Okay«, sagte ich, nahm meine Kinder und ging.

»Ihr lebt in einem Hotel?«, fragt Udo.

»Anderes fällt dir nicht auf?«, ruft Julia. »Ausländer kommen und kriegen immer Hotel?«

»Ich frag ja nur«, sagt Udo.

»Ein Monat«, sagt Julia. »Ein Monat wir gewohnt in Hotel. Dann ich habe Wohnung gefunden.«

»Ist auch total unpersönlich in so nem Hotel«, sagt Micha zu Udo. Der nickt und trinkt.

»Niemand hat geholfen«, sagt Julia. »*Ich* habe gefunden. Ein Zimmer. Für drei. Habe *ich* auch Deutsch gelernt und Arbeit gefunden. Alles ich.«

»Und Ihr Mann?«, fragt die Frau.

»Weg.« Als sei ihr eine Biene in den Mund geflogen, spuckt Julia das Wort in die Spüle: Weg.

»Das tut mir leid«, sagt die Frau.

»Und sind Sie Polizistin«, sagt Julia.

»Ja.«

»Ist bestimmt kein leichter Job«, sagt Micha. Die Frau sieht Julia an. So als schäme sie sich für ihre Tränen. Dann sagt sie: »Ich musste nicht vor dem Krieg fliehen.«

»Vergessen Sie Krieg«, sagt Julia. »Was ist passiert? Warum Sie haben geweint? Was drückt Sie?«

»*Be*drückt«, korrigiert Micha. »Du meinst, was *be*drückt Sie.«

»Okay«, sagt die Frau. Sie atmet tief ein, zieht die Schultern zurück, schließt die Hände um ihr leeres Bierglas. »Da war dieses Auto. Der Fahrer war flüchtig. Eine Verfolgungsjagd. Auf der Hauptstraße. Ich hab ihn ... mit dem Streifenwagen abgedrängt. Und jetzt ...« Die Frau fängt wieder an zu weinen. Tränen tropfen auf das dunkle Holz der Theke. Julia löst die Finger der Frau vom leeren Glas, nimmt es mit zum Zapfhahn, lässt Bier hineinlaufen und stellt es wieder vor die Frau. »Danke«, sagt die und sperrt das Glas zurück zwischen ihre Hände.

»Und jetzt sitzt der Kerl im Bau«, sagt Udo.

»Nein«, sagt die Frau. »Im Rollstuhl.«

»Und darum weinen Sie?«, fragt Micha.

Die Frau sagt nichts. Schluckt ihre Tränen hinunter.

»Aber der Mann, der ist schon vor Ihnen abgehauen«, sagt Udo. »Eine richtige Verfolgungsjagd.«

»Ja.«

»So richtig durch die Innenstadt auch?«

»Ja.«

»Und wie schnell war der?«

»Mensch, Udo«, flüstert Micha.

»Was denn? Ist doch interessant, oder nicht?«

»Schnell«, sagt die Frau. »Der Mann ist einen Sportwagen gefahren. Einen Camaro.«

»Einen Camaro?«, fragt Micha. »Einen beigefarbenen Camaro? Mit roten Rallye-Streifen?«

»Ja.«

»Der irre Ele!«, ruft Micha. »Sie haben den irren Ele geschnappt!«

»Nein!«, ruft die Frau. »Ich hab den Mann in den Rollstuhl gebracht!«

»Quatsch!«, ruft Micha, rutscht vom Hocker und geht rüber zur Frau. »Sie haben den irren Ele geschnappt. Verdammt! Wir haben gedacht, der wär unsterblich!«

»Ich weiß«, sagt die Frau.

»Und Sie haben den geschnappt! Das ist ja irre«, sagt Micha und stößt mit seinem Glas Bier gegen das der Frau.

»Er war so schnell«, sagt die Frau. »Über die Hauptstraße, durch die Seitenstraßen, immer schneller ist der geworden. Wir hatten Angst, dass der auch durch die Fußgängerzone fährt.«

»Klar«, sagt Udo. »Is ja auch der irre Ele.«

»Darum bin ich neben ihn und hab ihn von der Straße gedrängt.«

»Das einzig Richtige«, sagt Micha.

»Das dürfen wir eigentlich nicht«, sagt die Frau.

»Wie, Sie dürfen das nicht?«, fragt Micha, der noch immer neben der Frau steht. »Aber Sie sind doch die Polizei, wie halten Sie die Irren in ihren Autos denn sonst auf?«

»Mit Straßensperren«, sagt die Frau.

»Na vielleicht fragen Sie die vorher auch noch um Erlaubnis, was?«, sagt Udo. Er dreht sich zu Micha und der Frau. Bier schwappt aus seinem Glas auf den Tresen.

»Entschuldigung, könnten Sie vielleicht kurz anhalten? Wir haben da ein paar Fragen.«

»Aber Sie haben den irren Ele von der Straße gedrängt«, sagt Micha.

»Von der Straße und vor die Laterne«, sagt die Frau. »Um die Laterne herum.« Als sei ihr gerade eingefallen, dass sie noch einen Termin hat, trinkt sie von ihrem Bier und stellt es halb voll zurück auf den Tresen. Sie stößt auf, hält sich die Hand vor den Mund. »Tschuldigung«, sagt sie.

»Darum Sie weinen?«, fragt Julia. »Weil Verbrecher mit geklaute Auto sitzt in Rollstuhl?«

»Der irre Ele«, sagt Udo.

»Egal wer«, sagt Julia. »Hat er Auto geklaut und ist vor Polizei verschwunden.«

»Abgehauen«, sagt Micha und geht zurück an seinen Platz, zurück auf seinen Hocker. »Er ist vor der Polizei abgehauen. Oder geflohen.«

»Er selber Schuld«, sagt Julia. »Macht man keine Jagd mit Polizei.«

»Aber das ist doch auch schon so lange her, oder nicht?«, fragt Micha. »Ein halbes Jahr mindestens.«

»Fünf Monate und acht Tage«, sagt die Frau.

»Und da weinen Sie heute noch darüber?«

Die Frau dreht das Glas in ihren Händen. Dann sagt sie: »Ich geh ihn manchmal besuchen.«

»Den irren Ele?«, ruft Udo. »Sie gehen zum irren Ele?« Die Frau sagt nichts. »Wie geht's dem denn? Ist der wirklich so Matsche im Kopf, wie alle sagen?«

»Mensch, Udo!«, ruft Micha.

»Was denn, hab ich gehört! Richtig bekloppt soll der jetzt sein. So richtig behindert. Kann nicht mehr reden, und so. Und kann dann jetzt auch nicht mehr vor der Polizei abhauen. Oder Autos klauen.«

»Oder durch Fußgängerzonen fahren«, sagt Micha.

»Oder durch Fußgängerzonen fahren«, sagt Udo.

»Also wenn Sie mich fragen«, sagt Micha, »haben Sie bloß Ihren Job gemacht. Und das verdammt gut. Sie haben den irre Ele geschnappt. Sie sollten einen Orden kriegen und nicht hier sitzen und weinen.«

Udo hebt sein Glas. »Auf die Frau, die den irren Ele geschnappt hat«, sagt er.

»Auf Sie«, sagt Micha und hebt auch sein Glas.

»Auf Sie«, sagt Julia ohne ein Glas in der Hand.

Die Frau trinkt ihr Bier aus, sagt nichts.

»Mensch«, sagt Micha, »der irre Ele.« Er nippt von seinem Bier, stellt es zurück auf den Tresen. Dann ist sie wieder da. Diese Stille.

Nichts passiert.

Wirklich gar nichts.

Atmen und trinken und das war's.

Dann sagt Udo: »Irgendwann sterben wir einfach.«

## UDOS MUTTER

Zu sehen, wie sich beinahe rühreigelbe Maden im schwarzvioletten Fuß einer ansonsten noch lebenden Frau bewegen, ist ein Bild, dass du so schnell nicht mehr los wirst.

Achtundzwanzig Stück waren es gewesen. Sie lagen übereinander, ineinander verschlungen, wanden sich langsam hin und her.

Udo hatte den Arzt angerufen. Aber der hatte nur gesagt, er könne da nichts machen, so etwas passiere nun mal. Sie sollten ins Krankenhaus. Die würden sich kümmern.

Sich kümmern. Das klang nach Skalpell. Das klang nach Knochensäge.

Udo hatte auf den nekrotischen Fuß gesehen. Auf die Lücke zwischen dem dicken und dem mittleren Zeh. Auf die Maden, die darin lagen wie Krabben in einem Brötchen.

»Was hat der Arzt gesagt?«

»Wir sollen ins Krankenhaus.«

»Die nehmen mir nicht den Fuß ab.«

»Nein.«

Udo hatte ihr den Fuß verbunden. Einen Socken darüber gestülpt. Sie gestützt. Sie ins Krankenhaus gefahren.

Die Ärztin hatte sich den Fuß angesehen. Sie hatte ihn sich angesehen, wie sich Installateure einen verstopften Abfluss ansehen. Als bestünde der Großteil des Tages aus genau dieser Arbeit: Scheiße durch ein Rohr zu kriegen. Oder Maden aus einem Fuß.

»Ein Pfleger wird die Wunde säubern«, hatte sie gesagt.

Als die Ärztin das Zimmer verließ, war er ihr hinterhergelaufen. »Entschuldigung?«

»Ja?«

»Der Fuß.«

»Ja?«

»Muss der ...«

»Ja.«

Der Pfleger hatte ihr den Socken ausgezogen, eine Schale unter den Fuß gestellt und das Loch zwischen dem großen und dem mittleren Zeh mit einer Flüssigkeit ausgespült. Heraus kamen achtundzwanzig Maden. Sie rutschten aus der Wunde wie Scheiße aus einem Abflussrohr. Dann hatte der Pfleger ihr den Fuß verbunden und sie stationär aufgenommen.

»Die nehmen mir nicht den Fuß ab.«

»Nein.«

»Du passt auf meinen Fuß auf.«

»Ja.«

Das Morphium hatte sie schlafen gelegt, noch bevor Udo ihr die Decke übergezogen hatte.

Und jetzt sitzt er hier. Auf einem orangenen Stuhl aus brüchig knirschendem Plastik. Er sieht aus dem Fenster. Sieht Bäume, einen Park. Menschen in Morgenmänteln. Schmerzen hinter seinen Augen.

Die Tür geht auf, ein Arzt kommt herein. »Hallo.« Der Arzt sieht auf die Frau im Bett. Seine Stimme wird leiser. »Guten Tag«, sagt er. Sie schütteln Hände. »Sie sind der Sohn?«

»Ja.«

»Ich habe gerade mit ihrem Arzt telefoniert. Wir müssen dringend amputieren.«

»Okay.«

»Tun wir das nicht, bekommt sie eine Sepsis.« Blutvergiftung. »Und Ihre Mutter wird sterben.«

»Okay.«

»Aber die Sache ist die. Die Wahrscheinlichkeit, dass ihre Mutter den Eingriff überlebt, ist nicht sehr hoch.«

»Okay.«

»Haben Sie verstanden, was ich gesagt habe?«

»Ja.«

»Gut. Sprechen Sie mit Ihrer Mutter, wenn sie wieder aufwacht.«

»Ja.«

Als Udos Mutter aufwacht, setzt er sich aufrecht in den orangenen Stuhl.

»Ich hab Durst«, sagt seine Mutter. Udo steht auf, geht rüber zum kleinen Tisch vor der Balkontür, gießt Wasser in ein stumpfes Glas und stellt es auf den Wagen neben dem Bett. Sie trinkt das Glas Wasser in einem Zug aus.

»Der Arzt war hier.«

»Was hat er gesagt?«

»Sie müssen amputieren.«

»Die nehmen mir nicht den Fuß ab.« Sie setzt sich auf, schlägt die aufgedunsenen Hände auf die Bettdecke. »Die nehmen mir nicht den Fuß ab!«

»Dann wirst du sterben.«

Seine Mutter sieht ihn an. Lange. Dann sagt sie: »Das freut dich, oder?«

»Ich weiß nicht.«

»Du weißt nicht? Ich bin deine Mutter.«

»Ja.«

»Ja, ja, ja, kannst du auch was anderes sagen als immer nur Ja?«

»Was willst du hören?«

»Dass die mir nicht den Fuß abnehmen!«

»Die nehmen dir nicht den Fuß ab.«

»So bockig wie dein Vater«, sagt sie. »Wäre der nicht abgehauen, alles wäre anders gelaufen.«

»Ja.«

»Hör auf mit deinem ständigen Ja!« Sie wirft das Glas nach ihm. Es prallt gegen die Wand, fällt zu Boden, zerbricht.

»Du wirst sterben«, sagt Udo. Seine Mutter streicht die Decke glatt.

»Die Frage ist also, wie ich sterben soll.«

»Wie du sterben willst.«

»Oh. Wie ich sterben *will*. Ich darf mir also aussuchen, wie ich abtrete.«

»Wie willst du sterben?«

»Mit Fuß.«

»Okay.«

»Sind Sie sich sicher?«, fragt der Arzt.

»Ja«, sagt Udos Mutter. Das Wort so vollgestopft mit Stolz und Trotz, dass es beim Aussprechen klingt, als würde es jeden Augenblick zerplatzen wie eine dicke eitrige Pustel: Ja.

Der Arzt sieht ihn an. Dann seine Mutter. Hin. Und her. Wie das Pendel einer riesigen Standuhr. Tick. Tack.

»Wenn wir nicht amputieren –«

»Werde ich sterben, ich weiß.«

»Ich bezweifle nicht, dass Sie wissen, was ich meine«, sagt der Arzt. »Aber ich bezweifle, dass Sie verstehen, was ich versuche, Ihnen zu sagen.«

»Was?«

»Ich werde es so deutlich formulieren, wie ich kann. Wir haben zwei Möglichkeiten. Erstens: wir amputieren Ihren –«

»Sie nehmen mir nicht den Fuß –«

»Lassen Sie mich ausreden.« Der Arzt wird lauter. Nicht unhöflich, nicht ungeduldig, nur lauter. »Also. Noch mal. Und bitte. Hören Sie mir zu.« Udos Mutter verschränkt die Arme. »Hören Sie mir zu?«

»Ich höre.«

»Gut. Also. Die erste Möglichkeit ist: Wir amputieren Ihren Fuß. Es kommt ein Anästhesist, der gibt Ihnen etwas zum Schlafen, Sie schlafen ein. Dann operieren wir. Die zweite Möglichkeit ist: wir lassen Ihren Fuß, wo er ist. Und Sie bekommen, irgendwann in den nächsten Stunden oder Tagen, eine Blutvergiftung. Die Überlebenschancen«, sagt der Arzt, »sind bei beiden Möglichkeiten gleich gering.«

Die Stille, die dem letzten Satz folgt, klingt, als tauche man in der Badewanne unter.

Udos Mutter sieht den Arzt an. Dann heben sich ihre Augenbrauen. »Sie wollen mich einschläfern«, sagt sie.

»Nein«, sagt der Arzt. »Wenn Sie das so verstanden haben, hab ich mich falsch ausgedrückt.«

»Sie wollen dich schmerzfrei sterben lassen«, sagt Udo.

»Die wollen mich einschläfern«, wiederholt sie. »Die wollen mich einschläfern, mir den Fuß abnehmen und mich dann in den Ofen schieben.«

»Ich werde Sie beide jetzt alleine lassen«, sagt der Arzt. »Sie haben einiges zu besprechen.«

»Zu besprechen?«, ruft sie. »Hier ist nichts zu besprechen.«

»Warten Sie.« Udo geht dem Arzt hinterher aus dem Zimmer.

»Hier ist alles gesagt!«, ruft Udos Mutter. Udo schließt die Tür von außen.

»Hören Sie«, sagt der Arzt. »Niemand will Ihre Mutter einschläfern.«

»Okay.«

»Niemand«, wiederholt der Arzt.

»Okay.«

»Gut.«

»Okay.«

»Aber wenn Ihre Mutter sich nicht operieren lässt, wird sie sterben.«

»Ich weiß.«

»Und sie wird nicht friedlich einschlafen.« Udo nickt. »Sie bekommt sehr starke Schmerzen. Und Fieber. Hohes Fieber. Sie wird halluzinieren.« Udo nickt. »Reden Sie mit Ihrer Mutter.«

»Ja.«

»Die wollen nur, dass ich nicht störe«, sagt sie.

»Die wollen, dass du nicht leidest.«

»Die haben Angst, dass ich denen das Krankenhaus zusammenschreie, darum geht's. Denen ist scheißegal, ob ich Schmerzen hab oder Fieber oder Halluzinationen. Die wollen nur nicht hören, wie Menschen in ihrem Krankenhaus leiden. Das ist schlecht für's Geschäft. Aber soll ich dir was sagen? Den Gefallen tu ich denen nicht.«

»Niemand hier will, dass du leidest.«

»Das sagst du.«

»Das sagt der Arzt.«

»Und der ist angestellt in diesem Krankenhaus.«

»Okay.«

»Und hör auf mit deinem ständigen Okay!«

Udo setzt sich auf den orangenen Stuhl aus brüchig knirschendem Plastik.

Der Pfleger sieht auf das Fieberthermometer. »Es steigt weiter«, sagt er.

»Ich weiß«, sagt Udo. Er sieht auf seine Mutter. Wie sie im Bett liegt. Schwitzend. Zitternd. Der Pfleger zieht ihr die Decke bis unter das Kinn.

»Wenn es schlimmer wird, sagen Sie Bescheid.«

»Okay«, sagt Udo.

Der Pfleger geht aus dem Zimmer.

»Mach die weg!«, schreit seine Mutter, »Mach die weg!«

Er hatte seine Mutter noch nie weinen gesehen. Überhaupt war da nie mehr gewesen als das lautstark ausgesetzte Gefühl, von der Welt betrogen worden zu sein. Und jetzt lag sie da, der langsam verfaulende Rest dessen, was einmal eine so gewaltige Existenz gewesen war, in den Augen eine unbekannte Flüssigkeit, aber noch immer im Vollbesitz ihrer cholerischen Schreistimme: »Mach die scheiß Wanzen weg!«

Die Tür springt auf. Der Pfleger steht da, sieht ins Zimmer. »Ist alles in Ordnung?«

»Nein«, sagt Udo. Der Pfleger nickt. Sieht auf Udos Mutter. Dann geht er wieder hinaus.

Sie ringt nach Luft. Ihr Atem geht schneller, flacht kurz ab, dann nimmt er wieder Fahrt auf. »Meine Füße ... Ganz nass«, sagt sie. Ihre Stimme klingt, als schiebe ihr jemand den Kehlkopf nach unten in die Luftröhre hinein, so fest, dass der kleine Knorpel fast zerbricht. Die Haare auf ihren Armen stehen ab wie Speerspitzen, bereit, jedem das Leben zu nehmen, der es wagt, ihr zu nahezukommen. Dazwischen so viele kleine Tropfen, dass sie an manchen Stellen ganze Seen bilden. Schweißseen und Haareskrieger.

Udos Mutter sieht zur Tür. »Die Malaria«, keucht sie. »Ich hab Fieber.« Sie atmet aus. Lang und flach, beinahe entspannend. Dann verkrampft sie von der Stirn bis in die Sohlen, öffnet den Mund, reißt ihn auf, so weit, als wolle sie ihren alten Röhrenfernseher verschlingen, während ihr Körper zappelt, im Bett auf und ab schlägt, auf und ab. Die Decke fällt auf den Boden, seine Mutter zappelt und zuckt und röchelt, dann plötzlich fängt sie sich wieder, alle Muskeln bis zum Zerreißen angespannt, und schreit so laut »Heinrich!«, dass die Tür aufspringt, noch ehe der Hall verebbt.

»Ihr Bruder«, sagt Udo zum Pfleger, der wieder in der Tür steht und nicht weiß, was er tun soll. Er überwindet sich. Kommt ins Zimmer. Hebt die Bettdecke auf, legt sie der alten Frau über den Körper, schlägt sie unter ihr ein. Er legt ihr seine Hand auf die nasse Stirn, sieht sie an, dann ihn, dann geht er wieder aus dem Zimmer. Die Tür so leise, als schließe sie auf Schienen.

»Geh nicht.« Seine Mutter sieht ihn jetzt direkt an. »Bleib. Bitte.«

»Ich bleib hier«, sagt Udo.

»Danke«, sagt sie. Dann hebt sie den Kopf vom Kissen. »Er ist hier.«

»Wer?«

»Der Arzt. Er ist hier.«

»Ich weiß.«

Ihr Kopf fällt zurück auf das Kissen.

»Warum bist du bei mir?«, fragt sie.

»Ich weiß nicht«, sagt Udo.

»Lügner!«, ruft seine Mutter und hält ihm die geballte Faust hin. »Du gehörst zu den Anarchisten!«

»Nein.«

»Du bist einer von denen«, flüstert sie. »Du bist ein Dutschke.« Dann atmet sie aus. Lang und flach. Die Faust entspannt sich. Und mit ihr beide Körper.

# DER RUSSE

Wie er da steht. Vor diesem Haus. Gefangen in einem Land, zu dem er keinerlei Bezug hat. Dessen Sprache er nicht spricht. Geschweige denn versteht. Und trotzdem steht er da. Das Hemd voller Löcher. Die Hose vollgepisst. Und scheißen muss er auch.

Irgendwas mit seinem Essen war nicht in Ordnung. Überhaupt ist hier nichts in Ordnung. Nicht mit dem Essen, nicht mit den Menschen, nicht mit dem Land.

Eine junge Frau kommt auf ihn zu. Ihr Blick eingehakt in ihr Smartphone. Er fragt sie, ob sie ihm helfen kann. Sie bleibt stehen, macht ein Foto von ihm, geht weiter. Er schreit ihr hinterher, wischt die Begegnung mit seinem Arm und einem lauten »Ah!« beiseite. Dann kramt er in seinen Taschen, als suche er etwas. Als hätte er den Schlüssel dabei. Obwohl er genau weiß, dass er ihn auf dem Wohnzimmertisch hat liegen lassen. Auf einem Tisch, den er sich selbst niemals in die Wohnung gestellt hätte.

Sein Sohn war der Erste gewesen, der Russland verlassen hatte. Auf der Suche nach einem besseren Leben. Und er schien es gefunden zu haben, denn kurz darauf folgte ihm seine Schwester. Sie hatte ihren kleinen braunen Pappkoffer gepackt, ihren Vater in der Tür stehend angesehen, hatte sich umgedreht und war gegangen. Einfach so. Und dann hatte er dagesessen. Allein. Tagein tagaus. An Werktagen, an Wochenenden, an Feiertagen.

Die Feiertage waren das Schlimmste gewesen. Wenn er hörte, wie die Türklingeln der Nachbarn durch das endlose Treppenhaus schepperten. Jedes Mal war er aufgestanden und zur Tür gegangen. Die Hände auf dem Holz, das Auge am Spion. Neffen besuchten ihre Onkel. Kinder ihre Eltern. Enkel ihre Großeltern. Nur er blieb allein.

Irgendwann hatte ihm sein Sohn einen Computer geschickt. Er hatte keine Ahnung, was er damit tun sollte. Er hatte nicht einmal gewusst, wie man ihn anschließt. Sein Sohn hatte ihn angerufen und ihm gesagt, dass er eine Internetverbindung bräuchte. Was das sei, hatte er gefragt. Und sein Sohn hatte es ihm erklärt. Dann war er in einen Telefonladen gegangen, hatte sich einen Internetanschluss zugelegt, und dann hatte ihm sein Sohn über das Telefon erklärt, wie er den Computer anschließen musste. Aber das hatte nicht funktioniert. Natürlich nicht. Das einzige Kabel, das er kannte, war das Stromkabel des Fernsehers. Das hatte er damals nur in die Steckdose stecken müssen, und der Fernseher lief. Aber so ein Computer war komplizierter.

Also hatte sein Sohn einen alten Freund angerufen. Der war gekommen und hatte sich gekümmert. Der Freund hatte ihm erklärt, wie er den Computer startete und wieder herunterfuhr. Und ganz besonders wichtig: wie er skypte.

Skype war ein Programm, das seinen Computer in ein Bildtelefon verwandelte. In ein sehr großes Bildtelefon. Und es ärgerte ihn, dass ihm sein Sohn dieses Ding in die Wohnung gestellt hatte. Denn dieses Bildtelefon, dieses Skype, es machte ihn nur noch einsamer.

Anfangs war es nicht so schlimm gewesen. Sein Sohn hatte sich gefreut, ihn zu sehen. Hatte sich gefreut, ihm von seinem Leben in Deutschland zu erzählen. Von seiner Frau. Carolin. Aber die Bildtelefon-Anrufe wurden weniger. So wie die normalen Anrufe vorher auch weniger geworden waren.

Dann brach er sich bei nur einem Sturz zwei Knochen: Elle und Speiche. Auf dem Weg in die Küche war er über den Läufer gestolpert, der zwischen Wohnzimmer und Diele lag, und der Länge nach auf seinen rechten Arm gefallen. Er hatte sich aufgerappelt, sich eine Jacke übergezogen und war zu seinem Arzt gegangen. Der hatte ihn ins Krankenhaus geschickt und dann den Sohn angerufen. Dass der Vater des Sohnes gestürzt sei, hatte der Arzt gesagt. Dass er Hilfe brauche. Grundlegend.

Von da an skypten Vater und Sohn wieder häufiger. Dass er zu ihm nach Deutschland kommen soll, hatte sein Sohn gemeint. Erst hatte sein Sohn es gesagt, dann gefordert, und plötzlich hatte er in einem Flugzeug gesessen. Hinter ihm Russland, unter ihm Litauen und vor ihm ... Weiß der Geier.

Das war sein erster Flug gewesen. Und verdammt noch mal, es würde auch sein letzter sein. Hoch über den Wolken. In einem Flieger sitzend, von dem er nicht einmal erahnen konnte, wie sie es schafften, den in der Luft zu halten. Dieses riesige Ding aus Stahl und Plastik und Glas.

Seine Finger krallten sich in seine Oberschenkel, seine Innereien schwankten und taumelten wie der Brautvater nach der Hochzeitsfeier, und ein breit angelegtes Brummen fraß sich in seinen Kopf hinein wie die Zeit sich in den Rest seines Körpers. Neben ihm saß eine Frau in einer Uniform der Fluggesellschaft. Der Freund seines Sohnes hatte ihn zu Hause abgeholt, ihn zum Flughafen gebracht und ihn dann dieser Frau übergeben. Seitdem fragte die ihn alle paar Minuten, ob er etwas brauche. Und seine Antwort war so konstant wie ihre Frage: Wodka. Immer nur Wodka.

Nach der Landung musste die Frau ihn beim Aufstehen stützen. Ob er zurechtkomme, hatte sie gefragt. Er hatte sie beiseitegeschoben, sich an den Sitzen entlang in Richtung Tür gehangelt, hatte laut »Иди в жопу*« gerufen und war dann ausgestiegen.

Weit hinter dem Ausgang, am Ende eines langen Flures und eines noch längeren Rollbandes hatte da ein Mann gestanden. Ein blonder Mann mit weißem Schild, auf dem in grünen Buchstaben sein Name stand. Er ging auf den Mann zu. Sagte seinen Namen, zeigte auf das Schild. Der Blonde lächelte ihn an, schüttelte ihm die Hand. Dann schob der Mann ihn vor sich her und redete auf ihn ein. Er verstand kein Wort, aber alles, was der Blonde sagte, klang wie ein militärischer Hackenschlag, eingehüllt in übertrieben buntes Geschenkpapier.

Sie gingen zu einem Auto und stiegen ein. Der Blonde vorne, er hinten, dann fuhren sie los. Vorbei an Menschen, an Hochhäusern, hinaus aus der Stadt und über Straßen, breit und leer und rechts und links voller Bäume. Die ganze Fahrt über redete der Blonde, als müsste er verstehen, was der sagte. Als wären sie Freunde.

Irgendwann hielten sie vor einem großen weißen Haus. Er öffnete die Tür, stieg aus, und der Blonde fuhr davon.

* Leck mich am Arsch

Kurz darauf, der Wagen war noch nicht ganz hinter der Kurve verschwunden, da schwang die große weiße Tür des großen weißen Hauses auf. Heraus trat eine zierliche Frau mit schmalem Kopf, mit langen braunen Haaren und noch längeren Beinen. Sie kam auf ihn zu, nahm ihn in den Arm und drückte ihn fest an sich. Harte kleine Brüste pressten sich gegen seinen Bauch.

Und dann plötzlich stand da auch sein Sohn. Die Frau ließ ihn los, wischte sich etwas aus dem Auge und trat einen Schritt zur Seite. So als wolle sie Platz machen für ein Ereignis, das sie im Kopf schon Hunderte Male durchgegangen war. Sein Sohn rief laut: »Papa!«, rannte auf ihn zu und drückte ihn so fest an sich, dass sein gebrochener und verheilter Arm wieder zu schmerzen anfing.

Sie führten ihn durchs Haus. Zeigten ihm das Wohnzimmer. Die alten Fotos auf den neuen Schränken. Den russischen Wodka in der Minibar. Sie zeigten ihm die Küche, den riesigen Garten und all die anderen Räume, von denen er sich nicht vorstellen konnte, wie man darin leben sollte.

Und dann, zu guter Letzt, zeigten sie ihm sein Zimmer. Die Frau, Carolin, öffnete die Tür, und zum ersten Mal seit einer gefühlten Ewigkeit hielten sie beide, Carolin und sein Sohn, den Mund.

Endlich.

Er ging hinein. Sah sich um. Da war ein Bett, da war eine Couch, da war ein Tisch und da war ein Fernseher so groß wie russische Plakatwände. Da waren Bilder. Bilder von großen Städten, Bilder von weiten Stränden. Bilder von grünen Pflanzen und Bilder von großen bunten Augen.

Nach einem Schweigen, beinahe so lang wie sein Flug, sagten die beiden, dass sie ihn jetzt alleine lassen würden. Dass er erst einmal ankommen solle. Sich frisch machen. Umziehen. Dann gingen sie hinaus und zogen die Tür hinter sich zu. Und er stand da und fühlte sich, als säße er noch immer im Flugzeug. Neben sich die Frau in Uniform, vor sich der Wodka und in sich die Russische Revolution.

Dann irgendwann probierte er alles aus. Er legte sich aufs Bett, setzte sich auf die Couch, an den Tisch und schaltete den Fernseher ein. Aber das Bett war zu weich, die Couch zu groß, der Tisch zu hässlich – meine Güte war der hässlich –, und aus dem Fernseher dröhnte eine Sprache, die er überhaupt nicht verstand. Also ging er runter, nahm sich die große Flasche Wodka aus der Minibar, ging zurück in sein Zimmer und kam erst wieder raus, als die Flasche leer war.

Carolin und sein Sohn hatten keine Kinder gewollt. Wobei er, wenn er Carolin ansah, wusste, dass sie es gewesen war, die diese Entscheidung getroffen hatte. Wie konnte man dieser Frau kein Kind machen wollen, dachte er immer wieder.

Sein Sohn war nie zu Hause. Immer unterwegs. Immer arbeiten. »Die Fleißigen können es hier weit bringen«, sagte sein Sohn. Er sagte es immer und immer wieder und zeigte dabei auf sein Haus und auf seinen Garten und auf seine Autos. Was ihm das alles brachte, hatte er gefragt, wenn er dann nicht einmal die Zeit fände, ihn, seinen Vater, vom Flughafen abzuholen. Ob sein Freund nicht nett zu ihm gewesen sei, hatte sein Sohn gefragt. Das wisse er nicht, hatte er gesagt. Bestimmt habe der ihn die ganze Zeit über beschimpft und dabei eben nur gegrinst.

Dann hatte er weiter Wodka getrunken.

Die nächsten Wochen verbrachte er vor dem Fernseher. Er sah Serien mit deutschen Polizisten, Serien mit deutschen Ärzten, und einmal, da sah er einen deutschen Film, in dem ein Russe mitspielte, und der Russe sprach auch Russisch, aber er starb nach zwanzig Minuten.

Er gewöhnte sich nicht an die Couch. Sie war wie das Bett. Egal wie er sich hinsetzte oder hinlegte, er versank darin. Und wenn er nicht alle fünf Minuten aufstehen und eine Runde durch sein Zimmer laufen würde, die Couch und das Bett würden auf ihm herumkauen, bis er nur noch ein fluffiger Haufen Polsterstoff wäre. Wie ihn diese Couch ärgerte. Diese Couch und dieses Bett und dieses Fernsehprogramm und ganz besonders dieser Tisch. Wie der da stand. Vor der Couch. Braun. Mit einer glänzenden Ablage, von der er nicht wusste, wo zur Hölle dieser Glanz herkam. Das war ein Holztisch. Ein stinknormaler Holztisch ohne Lack auf der Ablage, und trotzdem glänzte der. Mit zwei riesigen Fächern und vier Tischbeinen, so kurz, als hätte sie jemand in der Fabrik absichtlich abgesägt, damit sich alle Mitarbeiter über den Tisch lustig machen konnten. Wenn man sich vor den Tisch auf den Boden setzte, dann sah der aus, als wäre der ein Monster. Ein Monster mit einem flachen glänzenden Schädel und zwei riesigen Augen und mit vier viel zu kurzen Beinen. Ein Zwergenmonstertisch. Ein Tisch für Zwerge und Monster. Das hier war der mit Abstand hässlichste Tisch, der ihm je untergekommen war.

Ab und an, wenn er von der Couch aufstand und um den Tisch herumlief, blieb er vor der großen Fensterfront stehen und sah Carolin bei der Gartenarbeit zu. Sie sah aus wie eine dieser Frauen aus den deutschen Serien. Die hockten auch alle in ihren Gärten und hackten planlos in der Erde herum. Die wischten sich auch alle den Schweiß an ihren Kopftüchern und Schürzen ab. Nur waren die Frauen im Fernsehen alle mindestens fünfzig Jahre älter. Carolin aber war jung. Ihre Beine schmal und glatt, ihre Arme straff und ihre Hüften schwangen bei jedem Schritt mit einer Leichtigkeit, die ihn an seine Tochter erinnerte.

Manchmal stieg er die Treppe hinunter ins Erdgeschoss, blieb kurz vor der Terrassentür stehen und sah zu, wie Carolin durch ihren Garten lief. Wie sie sich in die Erde kniete. Sich den Schweiß von der Stirn wischte. Dann ging er an die Minibar, griff sich eine Flasche Wodka – ausreichend Wodka war immer da, das musste er seinem Sohn lassen – und ging zurück auf sein Zimmer.

Eines Tages, die Flasche Wodka war schon halb leer, da öffnete er sein Fenster und rief zu Carolin hinunter, dass man eine Spitzhacke nicht in die Erde um die Blumen herum schlägt. Das zerstört die Wurzeln. Ein Hinweis, für den man noch nicht einmal die gleiche Sprache sprechen musste. Spitzhacke in den Boden, in ein Blumenbeet, nicht gut, lass das. Aber Carolin sah zu ihm hinauf, lächelte, sagte etwas in ihrer Nazisprache und winkte ihm. Sie winkte ihm. Er wollte ihr helfen, ihren Garten nicht völlig zu ruinieren, und alles, was sie dazu beizutragen hatte, war Winken. Lächeln und Winken.

Er wiederholte, was er gesagt hatte, und wahrscheinlich wurde er auch ein bisschen lauter. Ganz bestimmt sogar wurde er lauter, aber was sollte er auch tun, wenn diese Frau seine Sprache einfach nicht verstehen wollte. Carolin rutschte das Lächeln aus dem Gesicht, und Arm und Blick fielen ihr auf das wirklich miserabel gemähte Gras. Sie ließ die Spitzhacke fallen, lief ins Haus. Er rief ihren Namen, aber sie hörte ihn nicht. Er rief ihn noch einmal. Lauter. Dann schrie er nach ihr. Aber Carolin kam nicht zurück. Mit einem wütenden »Ah!« schloss er das Fenster und ging zur Couch. Er griff nach der Flasche Wodka, die er nur noch auf den Boden stellte – nie wieder würde er irgendwas auf diesen Tisch stellen –, setzte an und trank.

Das Nächste, an das er sich erinnerte, war, dass sein Sohn dastand. Er sah in sein Gesicht. Die Lippen des Sohnes bewegten sich, aber er verstand kein Wort. Alles war dumpf. Als drücke jemand seinen Kopf in diesen Polsterstoff der Couch. Dann zog ihn sein Sohn hoch. Setzte ihn aufrecht. Er sah sich um. Er hatte auf dem Boden geschlafen. Gut so. Der Boden war hart.

Sein Sohn setzte sich zu ihm. So, wie er sich einmal zu seinem Sohn gesetzt hatte, als der an Armen und Beinen blutend und hysterisch weinend nach Hause gekommen war. Seine Frau war nicht da gewesen, also hatte er sich um den Jungen gekümmert. Er hatte einmal gesehen, wie seine Frau ihrem Sohn mit der Hand über den Kopf gestrichen hatte. Komisch hatte das ausgesehen. Abgehackt, irgendwie. Aber der Junge war still geworden. Also hatte er ihm auch mit der Hand über den Kopf gestrichen. Und tatsächlich, der Junge hatte sich wieder gefasst. Dann hatte ihm der Junge erzählt, wie er sich mit seinem Freund gestritten und wie der ihn dann von seinem Fahrrad geschubst hatte. Er hatte dem Jungen zugehört, ihm Handtücher um Arme und Beine gewickelt und dann genau so neben seinem Sohn auf dem Boden gesessen, wie sein Sohn jetzt neben ihm saß.

Was mit ihm los sei, wollte sein Sohn wissen. Warum er so viel trinke. Und warum er so gemein zu Carolin sei.

Carolin, die sich so viel Mühe mit seinem neuen Zuhause gegeben habe. Er wollte etwas sagen. Wollte seinem Sohn erklären, dass Carolin nur unzufrieden war, weil er, sein Sohn, sie den ganzen Tag alleine in diesem riesigen Haus ließ, und dass er dieses Haus hasste, dieses Haus und alles darin, besonders alles hier in diesem Zimmer, die Couch, das Bett, den Tisch, den Fernseher, die Bilder, die Fenster, den Geruch, den Himmel, das Licht, alles. Aber er saß bloß da, auf dem Boden, und brummte ein Brummen, das schon sein Vater immer von sich gegeben hatte, wenn man dem irgendeine Frage gestellt hatte. »Mh.«

Kurz darauf fingen Carolin und sein Sohn an zu streiten. Beinahe jeden Abend hörte er, wie ihre Stimmen immer weiter anschwollen, bis sie das Haus vollständig ausfüllten wie Bauschaum. Und alles, was er dagegen tun konnte, war, den Fernseher lauter zu stellen und schneller zu trinken.

Dann, eines Tages, warf er den Fernseher aus dem Fenster.

Er hatte versucht, sich mit der Frau seines Sohnes zu unterhalten. Das Eis zu brechen. Am offenen Fenster stehend hatte er zugesehen, wie die Sonne Carolin die Schenkel bräunte. Sehr schöne Beine seien das, hatte er gerufen, sehr schön. Aber sie hatte sich bloß irgendwelche Dinger in die Ohren gesteckt. Was diese Frau für ein Problem hatte, hatte er gefragt. Erst sich selbst, dann Carolin: Was ist dein verfluchtes Problem? Und ja, natürlich hatte er laut gefragt, aber sie hatte ja auch diese Dinger in den Ohren gehabt. Und als Carolin dann einfach aufgestanden und ins Haus gegangen war, da hatte er sich gefühlt wie die Nuss im Mund eines Nussknackers, und Wut war aus ihm herausgequollen, dick und roh und schwarz. Und gerade als der Familienrichter den achtjährigen Tim fragte, ob der bei seinem Vater bleiben wollte, hatte er den Stecker aus der Dose gezogen und den Fernseher aus dem Fenster geworfen.

Als sein Sohn ihn in seine neue, in seine eigene Wohnung brachte, stand da zwar ein neuer Fernseher, aber der Rest war alt. Dasselbe Bett, dieselbe Couch, und derselbe gottverdammte Tisch. Sein Sohn erklärte ihm, wie er die Sendungen im Fernseher so umstellen konnte, dass sie alle auf Russisch liefen, aber seine Aufmerksamkeit kam nicht über den Tisch hinaus. Über dieses kurzbeinige und glänzende Ding, von dem er noch immer nicht wusste, wie zum Teufel die diesen Glanz auf die Ablage bekamen. Also fragte er seinen Sohn: Wie zum Teufel haben die den Glanz auf den Tisch bekommen? »Ach Papa«, sagte sein Sohn, sah ihn an wie einen senilen alten Mann, und noch bevor sein Sohn ihm mit der Hand über den Kopf streichen konnte, ging er in die Küche, öffnete den Kühlschrank und rief laut durch seine neue Wohnung, wo der gottverdammte Wodka sei.

Sein Sohn kam einmal die Woche. Er brachte Brot, Wurst, Käse, Kartoffeln, Fleisch, Wodka und neuerdings auch Zigaretten. Er kann nicht sagen, warum er wieder mit dem Rauchen angefangen hat. Vielleicht aus Langeweile. Vielleicht weil ihm das hier alles nicht schnell genug ging. Vielleicht aber auch, weil rauchen etwas Vertrautes war. Die Zigaretten schmeckten nach Gorbatschow, nach Perestroika und natürlich auch nach der Enttäuschung, die all das mit sich gebracht hatte. Aber sie schmeckten eben auch vertraut. Neben seiner Sprache waren die Zigaretten das einzig Vertraute, das er noch besaß. Und seit er bei einem seiner Rundgänge durch sein neues Viertel auf Boryana und ihren Kiosk gestoßen war, braucht er auch nicht mehr auf seinen Sohn zu warten. Wenn Wodka und Zigaretten alle waren, was immer schneller geschah, ging er zu Boryana, ließ anschreiben, und einmal die Woche kam sein Sohn und bezahlte die Zeche. Und genau das hatte er vorgehabt, als er vorhin aus dem Haus gegangen war. Er hatte zu Boryana gewollt. Er hatte etwas zu rauchen gewollt, etwas zu trinken gewollt, und er hatte von diesem Tisch weggewollt. Und genau dieser Tisch war es, auf dem jetzt seine Wohnungsschlüssel lagen.

Wo dieser Fleck zwischen seinen Beinen herkommt, weiß er nicht, und es ist ihm auch egal. Was ihm nicht egal ist, sind seine Wohnungsschlüssel. Aber darum würde er sich später kümmern. Erstmal braucht er was zu trinken. Und scheißen muss er auch.

## BORYANA

Die meisten ihrer Kunden bedient sie, während sie mit ihrer Mutter in Bulgarien videotelefoniert. Sie erzählt ihr von Andrej. Mit ihm teilt sie sich das Viertel und die Lieferanten. Wer zu Andrej fährt, hält jetzt auch bei ihr. »Das macht mir den Tag viel leichter«, erzählt sie auf Bulgarisch. »Ich muss nirgendwo mehr hinfahren, weißt du?«

»Wo hast du deine Sachen denn vorher gekauft?«, fragt ihre Mutter.

»Na im Großmarkt. Das hab ich dir doch erzählt, Mama.«

»Hast du das?«

»Natürlich, schon ein paar Mal.«

»Du meine Güte. Vielleicht werde ich ja alt«, sagt ihre Mutter und lacht.

»Du hast noch Zeit, Mama.«

»Und sag mal, dieser Andrej.«

»Ja?«

»Taugt der auch für's Bett?«

»Mama!«, ruft sie. Das Blut schießt ihr in die Backen, in die Nase, in die Stirn. Sie dreht den Kopf zur Seite, lächelt.

Hätte sie ihrem Vater von Andrej erzählt, der hätte sich einen Stock aus dem großen Baum vor dem Büdchen gerissen, wäre hinübergelaufen und hätte den armen Andrej so lange verdroschen, bis der ihrem Vater seinen Kiosk überschrieben hätte. Als Wiedergutmachung.

Bestimmt war es richtig, einmal mit ihrer Mutter über diese Dinge zu sprechen.

Seit ein paar Monaten erst redeten sie miteinander. Nachdem sie ihren Vater in die Heimat gebracht hatte und ihn in seinem Dorf hat beerdigen lassen. Es war kein richtiges Dorf gewesen, eher eine Stadt. Eine kleine vielleicht. So genau konnte man das nicht sagen, das Dorf oder die Stadt, es gab nicht einmal einen Wikipedia-Artikel darüber. Und wie viele Menschen hier lebten, das hatte auch niemand gewusst. Aber bei der Beerdigung ihres Vaters hatte es ausgesehen, als sei der Ort eine kleine Stadt, und als wären alle Bewohner zur Beisetzung gekommen.

Berühmt war er gewesen, ihr Vater. Berühmt und berüchtigt. Ein Herzensbrecher. Der Herzensbrecher, der mit seiner Tochter und ohne seine Frau in die weite Welt hinausgezogen war. Der sich was getraut hatte.

Später dann, nach der Beerdigung, als sie durch das Dorf oder durch die Stadt hindurch und am Ende wieder hinausgefahren war, da hatte der Ort ausgesehen wie eines dieser toten Dörfer in der Eifel. Andrej hatte sie einmal dorthin mitgenommen. Er hatte ihr zeigen wollen, dass sie sich doch ein Haus leisten konnte, wenn sie denn eines wollte.

»Hier kriegst du ein Haus und eine Scheune und drei Garagen«, hatte Andrej gesagt. »Und bezahlen kannst du das auch.«

»Aber wer soll denn hier im Büdchen einkaufen?«, hatte sie gefragt. »Hier ist doch nichts und niemand.«

»Einer muss aber anfangen mit dem Hiersein«, hatte Andrej gesagt. Dann waren sie auch schon wieder aus dem Dorf hinaus gewesen.

»Also?«, fragt ihre Mutter. »Wie ist er so, dein Andrej?«

Sie gibt sich einen Ruck. Lächelnd sagt sie: »Da ist nichts, Mama.«

»Was meinst du mit ›Da ist nichts‹?«

»Andrej ist ein Freund. Er hilft mir mit dem Laden.«

»Ist er ein Mann?«, fragt ihre Mutter bestimmt.

»Mama.«

»Hat er ein Gehänge?«

»Mama!«

»Andrej klingt russisch. Ist er Russe? Wenn ja, also wenn er ein Russe ist, dann kannst du dich freuen, Kind, die Russen haben ein riesiges Gehänge!«, ruft ihre Mutter.

»Mama!«, ruft sie, lacht laut auf und sieht zur Tür.

»Boryana Schatz, wenn er ein Mann ist und ein Gehänge hat, bei Gott, dann geh und schnapp ihn dir.«

»Wir sind nur Freunde, Mama.«

»Das hat dein Vater auch immer gesagt, und sieh, wohin es ihn gebracht hat, ins Grab.«

»Das hat doch damit gar nichts zu tun.«

»Natürlich hat es damit zu tun, es hat immer damit zu tun. Wenn man sich nicht traut, sein Herz zu geben, wird man immer einsam sterben. Schau, ich hab gestern erst Kaffee mit unserem Briefträger getrunken.« Auf dem Display ihres Handys sieht sie, wie ihre Mutter ihr zuzwinkert. Dann läutet der Türalarm am Eingang. Blechern klingt das. Wie die Musik aus Geburtstags-Klappkarten. Sie sieht auf. Da steht Björn.

»Ich muss Schluss machen, Mama«, sagt sie. »Ich meld mich gleich wieder, okay?«

»Jetzt lenk nicht ab, ich –« Dann ist sie weg.

»Hallo Björn«, sagt sie auf Deutsch. Björn erwidert etwas, beinahe ohne den Mund zu öffnen. Dann lässt er die Tür los. »Deine Klingel eiert«, sagt Björn. »Ist ja furchtbar.«

»Wirklich?«, fragt sie. »Ist mir noch nie aufgefallen.«

»Mach mal neue Batterien da rein.«

»Mach ich«, sagt sie. »Was darf's denn sein?«

Einmal, da hatte sie Björn gefragt: »Wie immer?« Die meisten freuten sich, wenn man sich an sie erinnerte. Daran, was sie kauften, wie sie hießen, an ihre Berufe. Bei Björn war das anders. Der war zurückgezuckt. Beinahe wütend war der geworden. Den Rotwein hatte er trotzdem gekauft, Gott sei Dank, niemand anderem hätte sie die Flasche verkaufen können.

»Eine Flasche Rotwein«, sagt Björn.

Sie lächelt, sagt: »Augenblick«, und geht nach hinten ins Lager. Sie räumt die Kisten aus der Ecke. Öffnet die unterste Kiste, nimmt die letzte Flasche heraus und sieht sich den Korken genau an. Die Einstichstelle ist so klein, niemand, der nicht darauf achtete, würde sie wahrnehmen. Sie schließt die Augen, atmet aus. Dann zieht sie ein Lächeln über, öffnet langsam wieder die Augen und geht zurück ins Ladenlokal.

»Bitte«, sagt sie und reicht Björn die Flasche. Der nimmt sie, sieht sich erst das vordere Etikett an, dann das hintere. »Alles klar«, sagt Björn. »Was kriegst du?«

Blass sieht er aus, denkt sie und freut sich. »Vier Euro fünfzig«, sagt sie. Björn reicht ihr das abgezählte Kleingeld über den Verkaufstresen.

»Danke.«

»Klar.«

»Einen schönen Abend.«

»Tschüss.«

Der Alarm der Tür läutet, Björn geht hinaus. Der Alarm läutet wieder, die Tür fällt zu. Erleichtert atmet sie aus.

Das war die neunte Flasche gewesen, und immer noch ist sie nervös. Aber viele Flaschen würde es nicht mehr brauchen, das war ihm anzusehen. Ab jetzt würde sie jede Flasche einzeln vorbereiten. Sie würde sie einzeln kaufen, jeden Tag bei einem anderen Händler. Zwölf Euro kostete die Flasche beim günstigsten. Beim teuersten sechzehn. Und über jeden einzelnen Verlust freute sie sich. Nicht so, wie sie sich darüber freute, wenn sie Andrej sah. Wenn sie Björn die Flaschen verkaufte, war sie aufgeregter. Nervöser. Mit all seinen Narben hüpfte ihr Herz dann in ihrem Brustkorb auf und ab. »Vier Euro fünfzig«, sagte sie, und ihr Herz hüpfte, sprang, stolperte. Manchmal musste sie den Betrag nur denken. Vier Euro fünfzig. Manchmal reichte das schon aus.

Sie lächelt. Wählt die Nummer ihrer Mutter. Es klingelt zweimal, dann geht ihre Mutter ran und ihr Gesicht füllt den Bildschirm aus.

»Einfach weggedrückt hast du mich«, schimpft ihre Mutter. »Geht man so mit seiner armen alten Mutter um?«

»Zu arm und zu alt für einen Briefträger?«, fragt sie auf Bulgarisch.

»Boryana Schatz«, sagt ihre Mutter, »für einen knackigen Briefträger ist man nie zu alt.«

Der Alarm an der Tür läutet. Ein alter Mann kommt herein. Mit ihm ein beißender Geruch nach Urin. Dahinter Schnaps und billige Zigaretten. Sie sieht von ihrem Handy auf. »Hallo«, sagt sie jetzt wieder auf Deutsch. Ohne ein Wort zu sagen, geht der Mann an ihr vorbei zum Schnapsregal.

»Wer ist das?«, fragt ihre Mutter.

»Ein Kunde, Mama«, sagt sie auf Bulgarisch.

»Und, wie sieht er aus?«

Sie sieht auf den alten Mann. Sieht ihm dabei zu, wie er auf wackeligen Zehenspitzen stehend die große Flasche Wodka aus dem oberen Regal fischt. Dann kommt er zu ihr an den Verkaufstresen. »Er hat sich in die Hose gemacht«, sagt sie.

»Von denen lass die Finger, Schatz«, sagt ihre Mutter, »die taugen nichts.«

Der alte Mann stellt die Flasche Wodka auf den Tresen, zeigt auf die Wand hinter ihr. Sie zieht eine große Schachtel Fair Play aus dem Zigarettenschubfach, legt sie neben die Flasche. »Wie immer?«, fragt sie. Der Mann nuschelt etwas, nimmt den Wodka, die Zigaretten, dreht sich um und geht.

»Das war Russisch, Schatz!«, ruft ihre Mutter. »Der Mann hat Russisch gesprochen! War das dein Andrej?«

»Nein, Mama«, sagt sie. Die Tür fällt wieder zu. Der Alarm eiert wirklich, denkt sie und denkt lächelnd an ...

## BJÖRN

Als er vorhin die Schraubenspindel in den Korken hineingedreht und dann kräftig am Korkenzieher gezogen hatte, die Flasche in der einen, den Korkenzieher in der anderen Hand, da war der Korken zwar aus dem Hals der Flasche heraus geploppt, aber eben nur der halbe. Als hätte ihm die auf den Knien rutschende und bettelnde Zigeunerin am Hauptbahnhof vorhin eine gescheuert, sieht er in den Hals der Flasche hinein. Ein halber Korken verstopft den Weg zum wohlverdienten Glas Wein. Bestimmt hatte die das mit Absicht gemacht. Boryana. Die alte Bulgaren-Bratze.

In der Schule hatten sie die immer *Boy* gerufen. »Hey, Boy. Wie ein Junge siehst du aus, Boy.« Dabei hatte sie nie ausgesehen wie ein Junge. Eher wie eine Echse mit einem klobigen Gesicht und einer dunklen und viel zu dichten Perücke. Aber *Boy* war einfach eingängiger gewesen. Das konnte sich jeder merken. Selbst der dumme Holger, und der wusste manchmal schon gar nicht mehr, wie er selber hieß.

Holger Blumsiepen.

Meine Güte war der dumm gewesen.

Das Zimmer dreht sich. So wie sich ein Zimmer dreht, wenn einem schwindelig ist. Immer weitere Kreise zieht das Zimmer, immer schneller wirbelt alles um ihn herum wie ein besoffener Hula-Hopp-Reifen. Er kann sich gerade noch am Tisch abstützen und sich langsam auf den Küchenboden gleiten lassen. Was für ein Tag, denkt er, auf dem Boden sitzend. Erst diese kleine Fotze Filiz, dann die Oma mit dem Kopftuch, und jetzt die Bulgaren-Boryana mit ihrem scheiß Rotwein hier. Warum kauft er den auch am Büdchen? War doch klar, dass damit was nicht in Ordnung war.

Weil der sonst zu teuer ist, denkt er. Vier Euro fünfzig, dafür kannst du auch mal einen Korken zweimal rausziehen.

Er atmet tief durch. Zieht sich am Tisch wieder hinauf, torkelt rüber zum Schrank, holt ein Weinglas heraus und torkelt zurück zum Tisch. Mit der Schraubenspindel des Korkenziehers stochert er im Hals der Weinflasche herum, aber der Korken zerbröselt bloß.

»Scheiße.«

Er dreht den Korkenzieher herum, und mit der schwarzen Spitze drückt er den Rest des Korkens in die Flasche hinein. Ein dumpfes *plupp*. Dann schüttet er sich das Glas voll, beinahe bis zum Rand.

Du musst eine Pause machen, denkt er. Zumindest bis diese Erkältung wieder aus deinem Körper ist. Oder überhaupt mal richtig da.

Seit Tagen trug er etwas mit sich herum, keine Ahnung, was das war. Das war keine Erkältung, das war irgendwas anderes. Gemeineres. Als würde er innerlich zerfließen, so fühlte sich das an. Als würden sich seine Organe verzähflüssigen. Von außen nach innen. Oder von innen nach außen, so gut kannte er sich da nicht aus, er war Germanist und kein Biologe oder Chemiker oder weiß der Geier, wo man so was lernte. Auf jeden Fall war das keine Erkältung. Aber für den Arzt hatte er noch keine Zeit gehabt. Erst hatte er die kleine Fotze Filiz zur Raison bringen wollen. Aber war ja klar, dass die sich um ihre

Strafe herumwinden würde. Mit was für einer Vorsicht die alle behandelt wurden. Als würden die in tausend Teile zerspringen, wenn man sich mal durchsetzte. Wenn man die behandelte wie alle anderen auch.

Bei der Bulgaren-Boryana waren sie auch so gewesen. Das arme Mädchen. Aus der Heimat geflohen. Ohne die Mama. In einem Container hat sie leben müssen, stell dir das mal vor. Ja ja. Stell du dir mal vor, du musst mit einem Vater leben, der dich so vollstopft mit seinen Erwartungen, bis von dir als Mensch nur noch Herzschlag und Atmung bleiben. *Du* machst das Abitur. *Du* gehst an die Uni. *Du* wirst Lehrer. Da hat auch keiner gesagt: der arme Björn. Unterdrückt wird er zu Hause. Von seinem eigenen Vater. Und seine Mutter duckt sich immer nur weg. Der arme Junge. Aber sobald es um die Ausländer geht. Oder um die *Menschen mit Migrationshintergrund*, wie man die heute nennt. Sobald es um die geht, da gelten andere Regeln. Wie auf rohen Eiern laufen die alle über diese Begegnungen. Aber was macht das für ein Bild, bitte? Wenn du als Lehrer dasitzt und für alles Verständnis hast, während auf der anderen Seite eine nicht sitzt, sondern fläzt. Auf die respektloseste aller Arten ihr Fleisch im Stuhl verteilt. Filiz, zum Beispiel, die Erfinderin der Theatralik.

Er setzt das Glas an. Leert es in einem Zug. In seinem Mund und Rachen und eigentlich überall in seinem Körper ein Gefühl, als wäre der Wein voller lebendiger und gehässiger kleiner Schimmelsporen. Sein Blickfeld kippt nach rechts. Er hebt den Kopf wieder hoch.

Als würde ihr ganzer Körper mit ihm sprechen, so hatte die geredet. Wie eine überdrehte Sizilianerin. Selbst für ein Mädchen in ihrem Alter war das zu viel Kitsch gewesen, viel zu viel. Und was hatten sie gemacht? Sie hatten sie machen lassen: die kleine Fotze ...

# FILIZ

»Dieser Hurensohn hat mich beleidigt. Hat meine Mutter beleidigt«, Filiz zeigt auf ihre Mutter, »hat meine Schwestern beleidigt, hat einfach alle beleidigt, die mit mir sind. Ich kann gar nicht erzählen, was der alles gesagt hat. Wenn ich versuche, das zu sagen, muss ich würgen. Ich mach nur den Mund auf, und sofort fang ich an zu würgen! Ich schwöre bei allem, was mir heilig ist, an diesem Tisch wird nicht gelogen!« Sie hämmert mit dem Zeigefinger auf den Tisch. Menschen stöhnen.

»Filiz«, sagt einer der Lehrer. Er hatte nicht gestöhnt. »Das ist kein Grund, ihn so hart zu schlagen, wie du das getan hast.«

»Ich bitte Sie, das war doch gar nicht feste!«, ruft Filiz und gestikuliert mit den Händen, mit den Armen, dem Oberkörper und mit jedem einzelnen Muskel ihres Gesichts.

»Sie mussten seinen Kiefer richten«, sagt ein anderer Lehrer. Der hatte gestöhnt.

»Der Junge hat sich respektlos verhalten, ich hab mich zur Wehr gesetzt«, erklärt sich Filiz.

»In diesem Land«, ruft ein blasser Mann am Ende des Tisches, »bekommt man keinen Respekt, indem man jemanden ins Krankenhaus schlägt.«

»Entschuldigung, aber ich hab ihn nicht ins Krankenhaus geschlagen, der Krankenwagen hat ihn dahin gefahren. Und übrigens bin ich auch aus diesem Land, ich bin Deutsch. Und ich lass so was trotzdem nicht mit mir machen.«

»Was der Kollege meint«, sagt der Lehrer, der nicht gestöhnt hatte, »ist, dass du lernen musst, damit umzugehen, wenn deine Mitmenschen etwas zu dir sagen, das dir nicht passt.«

»Wenn der gesagt hätte, dass meine Tasche hässlich ist, das hätte mir nicht gepasst. Aber der hat nicht gesagt, deine Tasche ist hässlich, der hat gesagt, dass ... dass ...« Sie würgt. »Dass ... sehen Sie? Ich kann das nicht! Ich kann das nicht sagen! Warum verlangen Sie von mir, dass ich das sage?«

»Niemand verlangt von dir, dass du das wiederholst.«

»Warum glauben Sie mir dann nicht einfach, dass das, was der gesagt hat, absolut rechtfertigt, was ich getan hab! Ich schwöre, der hat völlig übertrieben!«

Jetzt schaltet sich der Direktor ein. »Es geht nicht um das Ob«, sagt er, »es geht um das Wie.«

»Ich hab Sie schon verstanden«, sagt Filiz gereizt. »Aber wenn Sie wüssten, was dieser Junge alles gesagt hat, dann würd *ich* diese Klassenkonferenz hier gar nicht haben, dann würd *der* jetzt nämlich hier sitzen und nicht ich.«

Der Direktor wendet sich an Filiz' Eltern. »Was sagen Sie eigentlich zum Verhalten Ihrer Tochter?«

Filiz spricht zu ihren Eltern in einer Sprache, die kein anderer der Anwesenden versteht. Der Vater sagt etwas zur Mutter, die antwortet, nickt. Dann nicken beide zu Filiz.

»Sie sagen, ich hab alles richtig gemacht.«

»Haben wir keinen eigenen Dolmetscher?«, fragt der blasse Mann am Ende des Tisches.

»Glauben Sie, ich lüge?«, ruft Filiz. »Wollen Sie mir unterstellen, dass ich nicht die Wahrheit sage hier?« Ihr Vater fragt etwas, Filiz antwortet. Der Vater steht auf und wirft mit spitzen Wörtern und kantigen Gesten in Richtung des blassen Mannes. Filiz versucht, ihn zu beruhigen.

»War ja klar«, sagt der blasse Mann.

»Setzen Sie sich hin«, sagt der Direktor zu Filiz' Vater. Der hält inne, sieht den Direktor an, fragt etwas. »Setzen Sie sich hin«, wiederholt der Direktor und bedeutet dem Mann, sich zu setzen. Filiz' Vater setzt sich. Die Frau fragt ihren Mann etwas, der schüttelt den Kopf, tätschelt ihr die Hand. Dann sehen beide wieder auf den Direktor.

»Ich glaube, wir sind uns alle einig«, sagt der Direktor, »dass wir diese Art von gewalttätiger Eskalation an unserer Schule nicht dulden. Und du, Filiz. Es ist mir egal, aus welchem Kulturkreis du kommst. Und es ist mir auch egal, ob du Deutsche bist oder Türkin oder Kurdin oder Libanesin oder Israeli oder Inuit. Wenn dich jemand beleidigt. Oder deine Familie. Oder von mir aus auch alle Menschen, die dir etwas bedeuten gleichzeitig.« Filiz setzt an. »Ich rede jetzt!« Filiz bleibt still. »Dann ist das kein Grund, sich so an jemandem zu vergehen, wie du das getan hast. Verstehst du das?« Er sieht Filiz an.

»Sie meinen, dass wenn mich jemand beleidigt. Oder meine Familie. Oder *alle Menschen, die mir etwas bedeuten*. Dass ich dann da sitzen und mir das gefallen lassen muss?«

»Filiz. Du bist ein schlaues Mädchen. Du bist wirklich nicht dumm. Ganz ehrlich.« Filiz grinst. »Und niemand hier verlangt von dir, irgendetwas über dich ergehen zu lassen. Also dreh mir nicht die Wörter im Mund herum. Ich habe dich nur gefragt, ob du verstehen kannst, dass die *In-ten-si-tät*, mit der du dich zur Wehr gesetzt hast, dass *die* unverhältnismäßig war.«

»Die war nicht –«

»Kannst du verstehen, dass andere das nicht so sehen?«

»Klar!«

»Und kannst du auch verstehen, dass diese anderen den Großteil der Gesellschaft ausmachen, in der du dich tagtäglich bewegst?«

»Nein. In der Gesellschaft, in der *ich* mich täglich bewege, ist es ganz normal, dass sich niemand abfällig über deine Familie äußert. Und wenn doch, dann kümmert man sich darum.«

»Man kümmert sich also darum«, sagt der blasse Mann am Ende des Tisches.

»Nicht so, wie Sie meinen jetzt«, sagt Filiz. »Man kümmert sich einfach. Man nimmt die Person auf die Seite und fragt, ob das hier gerade sein muss. Ob das der angemessene Rahmen für so eine Äußerung ist. Manchmal ist das ja auch so, dass so was einfach eskaliert. Der eine sagt was, vielleicht im Spaß, aber der andere findet das gar nicht witzig, oder auch doch schon, aber die Spitze, die hat gesessen. Und dann wehrt sich der andere verbal und plötzlich läuft alles aus dem Ruder, ohne dass irgendjemand Schuld hat. So was passiert«, sagt Filiz. Sie sieht ihre Eltern an. Die nicken.

»Und warum hast du in dem Fall hier nicht so reagiert?«, fragt der Lehrer, der nicht gestöhnt hatte.

»Weil es auch Grenzen gibt!«, ruft Filiz. »Was dieser Junge da gesagt hat, so was lässt sich nie wieder zurücknehmen. Nie wieder!«

»Also jetzt möchte ich doch gerne mal wissen, worüber wir hier überhaupt sprechen«, sagt der blasse Mann am Ende des Tisches.

»Jetzt wollen Sie also doch, dass ich das sage? Ich sag

Ihnen, ich werd das nicht aussprechen! Ich kann das nicht! Wenn ich nur daran denke, dass ...« Sie würgt. »Dass ...« Sie würgt noch einmal.

»Ist ja gut!«, ruft der Direktor. »Ist ja gut.« Er sieht sich um. »Gibt es einen Bericht?« Eine Frau kommt von hinten, legt ihm eine Mappe hin. »Aha«, sagt der Direktor, öffnet die Mappe und blättert darin herum. »Hier. Da haben wir es doch. Hier steht: ›Die hat mich geschubst. Über das Geländer hat die mich geschubst. Das macht die andauernd.‹« Er sieht Filiz an. »Stimmt das?« Filiz wippt mit dem Kopf. »An diesem Tisch wird nicht gelogen«, sagt der Direktor.

»Ja«, sagt Filiz. Sie sieht auf die Tischplatte. Ihr Vater fragt sie etwas. Filiz antwortet. Der Vater flucht leise, schlägt ihr die flache Hand an den Hinterkopf. Ein Klatschen. Filiz streicht über die Stelle, auf die ihr Vater geschlagen hat. »Sind wir dann so weit?«, fragt der Direktor. Mit der Hand bedeutet Filiz' Vater, dass er weitermachen kann. »Okay. Dann weiter.« Wieder sieht der Direktor auf das Papier. »›Dann hab ich sie einen Hurensohn genannt.‹«

»Tsssss«, macht Filiz und schiebt das Wort mit flacher Hand beiseite. Der Direktor liest weiter.

»›Dann ist sie mir hinterhergesprungen. Ich wollte aufstehen und weglaufen, aber die war schneller und hat mich die Treppe runtergetreten. Ich bin mit meinem Rucksack, keine Ahnung, hundert Stufen oder so runtergeflogen.‹«

Filiz' Vater fragt seine Tochter etwas. Die antwortet. Wieder scheuert er ihr eine. Filiz argumentiert irgendetwas, aber ihr Vater ignoriert sie und bedeutet dem Direktor, dass er weiterlesen soll.

»Danke«, sagt der Direktor. »›Und dann ist mir halt der

Faden gerissen.‹ Dann steht hier, dass er gefragt wurde, was das denn bedeute, wenn ihm der Faden reißt. Und dann hat er gesagt ...«

Der Direktor wird still. Sieht auf den Bericht. Liest. Wühlt durch die Blätter. Dann sieht er auf Filiz. Dann in einen Raum voller fragender Gesichter. Er sammelt sich kurz, schüttelt sich kaum merklich. Dann lehnt er sich zu Filiz über den Tisch. »Und selbst wenn er das Klassenzimmer mit einer Mohammed-Karrikatur tapeziert hätte, wäre das noch lange kein Grund, auf so eine Art und Weise zu reagieren.«

»Kann er sich ruhig über den Propheten lustig machen!«, ruft Filiz. »Ich bin da nicht so streng.«

»Gut zu wissen«, sagt der blasse Mann am Ende des Tisches.

»Echt jetzt?«, ruft Filiz. »Was hat dieser Mann für ein Problem? Was macht der überhaupt hier? Wer ist das?«

»Ich kann dich hören«, sagt der blasse Mann.

»Wer ist dieser Mann? Was will der hier?«

»Schulverwaltung«, sagt der Direktor. Er sagt es, als wäre er genauso wenig erfreut über seine Anwesenheit wie Filiz. »Aber viel wichtiger ist die Frage, was wir jetzt mit dir machen. Was glaubst du«, fragt er Filiz, »was glaubst du wäre eine angemessene Strafe für jemanden, der einem Mitschüler den Kiefer gebrochen hat?«

»Ich kann doch nichts dafür, wenn dem gleich die Knochen aus dem Gesicht fallen!«, ruft Filiz mit einem nicht versteckten, süffisanten Grinsen.

»Und die sich dann auch noch im Recht sieht. Was glaubst du, Filiz, wäre eine angemessene Strafe für jemanden, der dir die Knochen bricht, nur weil ihm deine Nase nicht passt?«

»Hä? Ich hab doch –«

»Stell es dir einfach mal vor. Stell dir vor, jemand rempelt dich an, du rempelst zurück, er schubst dich über das Geländer, du beschimpfst ihn, und dann kommt er zu dir und bricht dir den Arm. Was würdest du sagen, ist eine angemessene Strafe für so jemanden.«

»Naja«, sagt Filiz langsam. »Also ohne Arm kann ich halt auch keine Schularbeiten machen. Dann wäre doch eine gerechte Strafe, dass der mir die sechs Wochen, die das dauert, bis mein Arm wieder verheilt ist, dass der mir so lange die ganze Zeit den Rucksack tragen muss und meine Hausaufgaben macht. Also ich müsste die schon selber lösen, is klar, aber der müsste das alles aufschreiben.« Sie sieht den Direktor an »Das fänd ich eine angemessene Strafe.«

Mit der Geschwindigkeit eines Regenwurms zieht ein Grinsen in das Gesicht des Direktors. Er sieht in die Runde. Der Lehrer, der nicht gestöhnt hatte, grinst. Der Lehrer, der gestöhnt hatte, auch. Sogar der blasse Mann am Ende des Tisches sieht aus, als könne er zu grinsen anfangen. Nur Filiz. Die grinst nicht. Filiz ahnt Schlimmes.

# DER SANDMANN

Irgendwer von euch Bastarden hat irgendwas mit der Zeit gemacht. Egal wie schnell ich gerannt bin ich war immer zu langsam und das lag nicht daran dass *ich* zu langsam war sondern daran dass irgendwer von euch verdammten Bastarden irgendwas mit der Zeit gemacht hat.

Die Erwartungen haben mich ausgesaugt wie eine ambitionierte minderjährige Zwangsprostituierte Herrgott immer dieses Liefern-Müssen bin ich scheiß Tele-Pizza oder was? Früher und ja der alte Mann erzählt jetzt von früher wenn dir das nicht passt verpiss dich halt früher wollten die deine Zeit und Aufmerksamkeit. Jemand gab dir Geld du machtest deine Arbeit Türschlösser auswechseln kaputte Leute pflegen Autos zusammenbauen Müll abholen was weiß ich. Heute wollen die deine Seele. Alle. Du kannst nicht mehr einfach irgendwo arbeiten du musst dich der Sache verschreiben. Mit Haut und Haaren. Und immer musst du liefern. Liefern liefern liefern liefern liefern. Früher hat man Drogen genommen weil einem die ganze Scheiße auf den Sack ging LSD Ecstasy Amphetamin Heroin sowas. Heute nimmt man Drogen damit man besser arbeiten kann was ist das für eine behinderte Grundvoraussetzung für ein Leben bitte? Wenn sich die Arbeit nicht nur deine Seele sondern auch noch gleich all die guten Sachen einverleibt? Die Freizeit wird zum Networking-Tool das Fitnessstudio zum Anti-Aggressions-Training und das Bier nach Feierabend ist nicht mehr dafür da um mit irgendwelchen

Leuten abzuhängen sondern dafür deinen Puls wieder so weit runtergehandelt zu kriegen dass du früh schlafen gehen kannst um morgen wieder fit genug zu sein für die scheiß Arbeit. Und was machst du dann am nächsten Tag da mal drüber nachgedacht? Was stellst du an mit deiner Lebenszeit? Welchen Wert hat deine Arbeit heute? Pflegst du die Kaputten wechselst du alte Türschlösser aus baust du Autos für die Menschen zusammen holst du ihren Müll ab nein du bringst ihnen Pakete. Zehntausende Pakete jeden Tag randvoll gestopft mit in Plastik gegossenen Belanglosigkeiten. Einen langen Stab mit dem man sich die Schuhe anziehen kann ohne dass man sich bücken muss einen Buzzer der blechern *Bullshit* ruft wenn man auf ihn einschlägt oder einen Du lebst nur einmal-Schriftzug für die Wohnzimmerwand. Und bitte stell dir das mal bildlich vor da kommen Menschen von irgendeiner unnötigen und überflüssigen Arbeit ohne jeglichen Mehrwert nach Hause gehen zum Kühlschrank greifen sich ein Bier oder einen Wein oder je nach Stadium gleich die große Flasche Wodka setzen sich auf ihre scheiß Couch fertig mit dem Tag und mit der Welt ballern den Alkohol in sich hinein als stehen sie Samstag Abend im angesagtesten Club der Stadt nur dass sie alleine zu Hause auf ihrer noch nicht abbezahlten Couch sitzen und dann lesen sie diese Scheiße Du lebst nur einmal.

Neuntausendzweihundertundfünfzehn Menschen haben sich letztes Jahr das Leben genommen. Eine hohe Zahl denkst du? Scheiße hunderttausend wäre eine angemessene Zahl für die Geschwindigkeit der Welt wer über dreißig soll denn bitte anders damit umgehen als auszusteigen? Wenn du dich in eine Achterbahn setzt und merkst gleich muss ich kotzen steigst du auch bei der nächsten Gelegenheit wieder aus. Es sei denn du bist sadomasochistisch veranlagt dann bleibst du sitzen und holst dir einen darauf runter dass dir die Scheiße bis zum Hals steht das gibt es auch hab ich schon gesehen mehrfach sogar aber die Regel ist das nicht. Die Regel sitzt nachts wach weint angetrunken im Wohnzimmer starrt auf ihre Seneca-Lebensweisheiten und weiß nicht wie damit umgehen. Und dann sind das nur neuntausendzweihundertundfünfzehn Menschen die sich jedes Jahr selber aus dem Weg räumen? Fällt euch nicht auf dass da was nicht stimmt? Natürlich tut's das nicht und wisst ihr auch warum weil ihr zu beschäftigt seid um noch irgendetwas außer euer eigenes Elend mitzukriegen. Die Welt steht in Flammen aber der Christofer der muss immer alles machen und keiner kriegt das mit der arme Junge bald ist er leer und ausgebrannt und will hier raus nur noch raus.

Und da komm ich ins Spiel. Meine Dienstleistung ich helf dir beim Aussteigen. Ich erwürg dich stech dich ab schlitz dich auf vergifte dich brech dir das Genick oder fahr dich über den Haufen scheißegal was immer du willst wofür auch immer du bezahlst. Und wenn du dich nicht entscheiden kannst auch kein Problem an der Art und Weise soll das nicht scheitern darum gibt es das Suprise-Bundle buch das und lass dich überraschen wann und wo es dich aus dem Leben knipst. Ob schnell und schmerzlos oder so langsam und qualvoll dass du mich wieder nach Hause schicken wollen würdest hättest du noch Luft zum Atmen oder Weinen oder Betteln oder Schreien. Und ich gebe zu an diesem Punkt dann komm ich manchmal ins Straucheln dann weiß ich nicht soll ich jetzt aufhören soll ich sie annullieren lassen das Geld liegt schon in meinem Safe vorher rühr ich keinen Finger aber wollen die das wirklich? Wollen die wieder einsteigen um des Lebens willen oder nur weil das Sterben also nicht der Tod sondern der Weg dahin weil der jetzt kurz unangenehm ist? Und wenn ich nicht selber wüsste wie hart das Leben zuschlägt und wie schnell der Puls der Zeit geworden ist beinahe herzkammerflimmerartig würde ich sie wahrscheinlich alle ihre Aufträge stornieren lassen mach ich aber nicht ich bring sie alle um. Wenn sie das so bestellt haben. Und es bestellen viele unzählige. Und meine Kollegen haben auch alle genug zu tun es herrscht sozusagen Vollbeschäftigung darum kann ich ganz sicher sagen dass eure neuntausendzweihundertundfünfzehn jährlichen Suizide eine maßlose Untertreibung sind richtig lächerlich sind die. Denn die beauftragten die fallen durch eure Statistik hindurch und hinein in die für Mord und Totschlag und das ist eine ganz andere Statistik da geht es um schlechte Menschen und nicht um dich oder um mich oder um die Geschwindigkeit der Welt.

Lass uns das mal durchspielen. Sagen wir ich hab im Schnitt zehn Aufträge pro Monat das ist mein persönliches Maximum. Von der Auftragslage her könnte ich das so weit ausbauen dass ich jeden Tag einen neuen Job hab und es gibt Kollegen für die ist das wie Schuhe binden die stehen morgens auf trinken einen Kaffee packen ihre Sachen fahren los klingeln irgendwo erschießen ihre Kunden oder stechen die ab oder schlagen denen vorher die Körperteile ab kein Witz die gibt es und wenn die dann fertig sind fahren die zurück nach Hause und frühstücken ein Porridge mit Hafermilch und frischen Himbeeren. Aber ich glaube dass wenn man das nur lange genug genau so macht dass man sich dann irgendwann selber jemanden bestellen kann darum die Grenze von zehn pro Monat ich bin ja kein Akkord-Arbeiter.

Also. Im Schnitt zehn pro Monat. Das macht im Jahr einhundertzwanzig Suizide. Und ich weiß natürlich nicht wie viele es insgesamt gibt die tun was ich tue aber ich kenn einige acht um genau zu sein und von den acht weiß ich dass die auch noch andere kennen die ich nicht kenne. Und wenn man das jetzt auch nur grob überschlägt landet man bei circa achtzig Kollegen in Deutschland Österreich und der Schweiz. Von denen hat jeder seine eigene Schlagzahl der eine nur zwei Aufträge pro Monat der andere dreißig im Schnitt sagen wir mal fünfzehn Aufträge pro Monat das macht fünfzehn mal achtzig eintausendzweihundert pro Monat macht im Jahr vierzehntausendvierhundert bestellte Suizide damit schlagen die bestellten die statistisch erfassten Eigentötungen um ein vielfaches. Und all das weil ihr alle nur noch rennt. Ohne zu wissen wohin. Und wenn irgendwer mal nicht mitzieht nicht läuft und läuft und läuft und läuft wenn irgendwer stehen bleibt sich umsieht und denkt Das was du da hast das will ich auch nur ohne den ganzen Ärger der da hinten dran hängt dann sperrt ihr den weg oder fahrt ihn über den Haufen so wie den irren Ele. Unwürdig was ihr aus dem gemacht habt. Wenn der noch könnte würde der mich nicht beauftragen wenn der noch könnte würde der euch alle umbringen. Euer Glück dass der bis an sein Lebenende bloß noch atmet und scheißt. Denkt daran wenn ihr das nächste Mal angetrunken in euer Du-lebst-nur-einmal-Wandtattoo hineinweint. Denn wer auch immer diese Binsenweisheit auf dem Gewissen hat er hatte recht Du lebst nur einmal. Also mach was draus sei wie der irre Ele sei frei und vor allem fühl dich auch so fühl dich frei zu tun was immer du willst denn Scheiße das Leben ist zu kurz um es in ein Bierglas oder ein Weinglas oder in eine große Flasche Wodka hineinzuweinen. Und wenn gar nichts mehr geht hier ist meine Nummer ich muss jetzt los ich hab einen Termin mit einer ...

## KEY

Die überwiegend im Vier-Viertel-Takt ein- und aussetzenden Tiefen lassen die feinen Fäden, die sich mit der Zeit von den Polyurethan-Absorbern an den Wänden lösen, in der Luft schwingen. Beinahe sieht es aus, als tanzten sie. Der Bass setzt ein: Sie drehen Pirouetten in der Luft, schrauben sich in die Höhe. Der Bass setzt aus: Sie schwingen wie Federn hinab in Richtung Boden. Dann setzt der Bass wieder ein, und das Spiel beginnt von vorne. Und am Ende des Chorus, wenn der Bass ein gesamtes Viertel lang durchdröhnt – *dwdwdw dwwwwww* –, sieht es kurz aus, als schafften es die Fäden bis an die Decke.

Aber nur kurz.

Als stünden dort die Lösungen aller Rätsel der Welt in Schriftgröße vier, sitzt Key über das Pult gebeugt und stiert auf den Monitor. Sie klickt hier und dort, schiebt einzelne Parts hin und her, schaltet Chains und arrangiert Bridges, wie nur Key es kann.

Manchmal, wenn sie sich in ihrer Arbeit verliert, wenn sie sich so darin auflöst wie in diesem Augenblick, dann sieht es aus, als wäre sie behindert. Nicht autistisch oder so, richtig behindert. Als hätte sie an der Ecke vor dem Studio ein überambitionierter Viehtransporter mitgenommen, um dann an der Peter-Behrens-, Ecke Klöppelstraße über sie drüber zu rollen, so stiert Key gerade nicht auf, sondern in den Monitor hinein.

Aber selbst wenn dem so wäre. Selbst wenn so ein fetter LKW Key mitschleifen und überfahren würde. Selbst wenn Key danach kein Wort mehr sprechen und keinen Schiss mehr alleine machen könnte, selbst dann noch wäre Key die mit Abstand beste Produzentin der westlichen Welt. Und auch nur der westlichen, weil ich mich in der anderen nicht so gut auskenne, aber auch da dürfte es schwer werden, jemanden zu finden, der oder die besser ist als Key. Das weiß ich, das weiß Kalle, und Key, die weiß das auch. Die hat das so tief in sich drin, dass sie beim Umzug sämtliche Auszeichnungen aus ihrem neuen Studio verbannt hat. Und das neue Studio ist ein großes Studio. Da hätten viele Auszeichnungen Platz gehabt.

»Hört mal«, sagt Key. Sie zieht den Kopf aus dem Monitor heraus, wie Christian Schröder seinen in der Neunten aus dem Arsch von Herrn Markus gezogen hatte, als er dem gesagt hatte: »Herr Markus, ficken Sie sich doch, bitte.« Um das Bitte war er nicht herumgekommen, sonst hätte es von seinen Eltern eine Standpauke gesetzt: Immer höflich, lieber Christian, immer höflich. Und dann tippt Key auf die Leertaste, und der Bass treibt sein Spiel mit den alten Fäden der Polyurethan-Absorbern. Aber das sehen wir nicht mehr, Kalle und ich, weil das, was Key da arrangiert hat, weil das klingt wie ein scheiß Hit.

»Leck mich am Arsch«, flüstert Kalle. Und Key weiß, dass wenn Kalle nicht schreit, dann hat sie ein goldenes Ei gelegt.

»Hörst du das?«, frage ich Key. »Hörst du?«

»Was?«, fragt Key.

»Klingt wie ein Urus, oder?«

»Was?« Key ist verwirrt.

»Deine Bombe hier!«, rufe ich und springe auf. »Die klingt nach einem Lamborghini Urus! Hörst du das? *Wrommmm.* Hörst du? Das klingt nach einem für *jeden* von uns!« Ich lache, Kalle lacht, nur Key, die lacht nicht, die sagt: »Dein Part sitzt noch nicht.« Kalle stöhnt, ich stöhne, und Key? Die stiert schon wieder wie eine überfahrene Behinderte in ihren Monitor hinein.

»Einmal noch«, sagt Key. Das sagt sie immer: »Einmal noch.« Aber was sie meint, ist: »So oft noch, bis ich der Meinung bin, dass es richtig ist.«

Aber genau das ist der Punkt. Das ist es, warum Key all die Auszeichnungen in der Abstellkammer liegen hat, noch hinter dem Zeug für die Leute von der Putzfirma. Sie macht weiter, bis es richtig ist. Nicht nice, nicht gut, nicht catchy; richtig. Eine Getriebene.

»Alles klar«, sage ich, stehe auf und gehe zum tausendsten Mal in dieser Nacht rüber in die Booth.

Keys neues Studio liegt genau zwischen Schlachthof und Straßenstrich, ganz hinten im Industriegebiet. Und es muss schon ein enormer Aufwand gewesen sein, den Kontrollraum so auszubauen, dass der möglichst störungsfrei klingt, aber die Booth. Die ist sauber. Richtig sauber. Ein auditiver Reinraum. Wenn man die Tür von innen zuzieht, macht es ein Geräusch, so eine Art *umpf*, das klingt, als hättest du die Welt verlassen. Als wärst du auf einer ganz anderen Ebene. Irgendwo zwischen dem Hier und dem Danach. Und deine Schritte, die hören sich an, wie die eines Unsichtbaren.

Manchmal, wenn ich das Quetschen des Raums nicht

mehr aushalte, dann klatsche ich in die Hände. Aber auch das Klatschen klingt, als hätte es jemand abgeschnitten. Das Geräusch ist schon in dem Augenblick wieder vorbei, wenn die Handflächen aufeinanderprallen. Alles ist leer. So, als wär man tot. Und das Fenster, durch das ich Kalle und Key sehe, das verstärkt den Eindruck nur noch. Wie ein riesiger Fernseher sieht das aus. Und dann steh ich hier, in meiner ganz eigenen Welt, und seh der anderen beim Existieren zu. So, als wär ich ein Geist.

»Ganz von vorne«, spricht Key ins Mikro, während ich mir die Kopfhörer aufsetze.

»Was?«, frage ich.

Key beugt sich wieder über die Spitze ihres Standfuß-Mikrofons. Sie drückt wieder einen Knopf auf ihrem Pult. Dann sagt sie: »Deinen Part. Noch einmal ganz von vorne.«

»Okay«, sage ich. Kalle ruft etwas hinterher, das ich nicht mehr höre; Key hat den Finger vom Knopf genommen. Dann geht es los.

Der Beat. Der Bass. Mein Part.

Fertig.

Key beugt sich über das Mikro. Drückt auf den Knopf. »Nochmal«, sagt sie.

»Okay«, sage ich. Kalle starrt auf Keys Monitor.

Der Beat. Der Bass. Mein Part.

Fertig.

»Nochmal.«

»Okay.«

Der Beat. Der Bass. Mein Part.

»Nochmal.«

»Okay.«

Der Beat. Der Bass. Mein Part.

»Nochmal.«

Der Beat. Der Bass. Mein Part.

»Ich mach mal das Licht aus«, sagt Key. Das sagt sie immer, wenns nicht so läuft. Sie kippt den Schalter rechts neben dem Pult nach unten und das Licht in der Booth dimmt sich erst hinunter und verschwindet dann irgendwo im Nirwana. Und dann stehst du da. Niemand hört dich, niemand sieht dich. Du alleine in einer Welt ohne Schall und Licht. Als würde einen das in eine bessere Stimmung versetzen.

Dann geht es weiter.

»Nochmal.«

Der Beat. Der Bass. Mein Part.

»Nochmal.«

»Fick dich doch.«

Der Beat. Der Bass. Mein Part.

»Nochmal.«

»Is gut jetzt.«

Der Beat. Der Bass. Mein Part.

»Nochmal.«

Der Beat. Der Bass. Mein Part.

»Nochmal.«

Der Beat. Der Bass. Mein Part.

»Nochmal.«

»MAAAN!«

Der Beat. Der Bass. Mein Part.

»Nochmal.«

Der Beat. Der Bass. Mein Part.

»Nochmal.«

Ich sehe durch die Scheibe. Kalle ist in seinem Stuhl versunken. Key in ihrem Monitor.

Der Beat. Der Bass. Ich ziehe die Kopfhörer ab, häng sie an den Ständer neben dem Mikro und laufe wie ein Unsichtbarer durch die dunkle Booth zur Tür.

»Was ist los?«, fragt Key. Wie ein sozialer Krüppel fragt sie das. So, als könne man mir nicht ansehen, was los ist. Genervt bin ich. Genervt und gereizt. Das hier macht eigentlich Spaß. Aber manchmal ... manchmal geht's einem so richtig auf den Sack. Und jetzt gerade, da ist manchmal, jetzt gerade ist definitiv manchmal.

Ich setze mich auf die Couch, stapel den Inhalt meiner Jacken- und Hosentaschen auf dem Glastisch und wühle mich durch Taschentücher, Zigarettenschachteln, Geldscheine, einzelne Schlüssel und kleine durchsichtige Tütchen.

»Was wird das?«, fragt Key.

»Lass mich«, sage ich, öffne eines der Tütchen und streue einen viel zu großen Haufen auf den Tisch.

»Keine Kippen, kein Alkohol, keine Drogen«, sagt Key.

»Lass mich einfach in Ruhe«, sage ich, den Blick so fest auf den Tisch gerichtet, dass man es kratzen hören kann.

»Lass gut sein«, flüstert Kalle zu Key. Aber die denkt nicht dran.

»Das hier ist ein Arbeitsplatz, okay? Das ist *mein* Arbeitsplatz. Ich weiß, jedes Klischee braucht einen wahren Kern und so, aber nicht hier und nicht jetzt. Ich will diese Scheiße nicht in meinem Studio, klar?« Ich unterbreche meine Arbeit. Sehe Key an. Ihr rechtes Bein schießt auf und ab wie ein Pingpong-Ball bei einem Tischtennis Weltmeisterschafts-Endspiel in Zeitraffer. »Das ist mein Ernst, Sim. Nicht hier, nicht jetzt.«

»Ich ertrag dein Gelaber nicht mehr«, sage ich. »Oder eher dein Nicht-Gelaber.«

»Mein Nicht-Gelaber?«

»Ja, dein Nicht-Gelaber! Dein Auslassen von Informationen! Dein: nochmal nochmal nochmal nochmal nochmal nochmal noch –«

»Ich will, dass es richtig wird.«

»Ich will auch, dass es richtig wird!«, rufe ich. »Aber Scheiße, dann sag mir, was ich machen muss, *damit* es richtig wird! Und nicht immer nur nochmal nochmal nochmal nochmal. Das macht mich verrückt!«

»Ich will das hier nicht haben«, sagt Key. Ihr Augenzwinkern ist eine halbe Sekunde zu lang und zu fest.

Kalle beugt sich aus seinem Stuhl. »Aber wenn's doch der Sache dient«, sagt er.

»*Der Sache* dient das nie«, sagt Key. »Der sitzt hier, hat schlechte Laune, ballert sich einen, und ein paar Minuten später macht der mir hier den Toni, nein danke.«

»Was für Toni?«, fragt Kalle.

»Egal«, sagt Key, »ich will das einfach nicht in meinem Studio haben.«

»Kennst du nicht die Nummer mit Toni und Chico und Frank und Omar?«, frage ich Kalle.

»Was ist mit Toni und Chico und Frank und Omar?«, fragt Kalle. Und er fragt es mit einem so breiten Grinsen im Gesicht, dass sich meine Laune schlagartig bessert. Ich lasse das Tütchen los. »Du kennst nicht die Geschichte von Toni und Chico und Frank und Omar?«

»Nein, ich kenne die Geschichte von Toni und Chico und Frank und Omar nicht!«, ruft Kalle. »Was ist passiert mit Toni und Chico und Frank und Omar?«

Und dann, als ich den Satz sage, mit dem jeder die Geschichte von Toni und Chico und Frank und Omar beginnt, da lächelt selbst Key beinahe: »Die Augen, Chico«, sage ich, ...

# DIE AUGEN LÜGEN NIE

»Aber als Unternehmen hast du dir doch vorher mal den Markt angesehen und gesagt: ›Alles klar, so läuft das hier, ich brauche die und die Struktur, damit das überhaupt was wird.‹«

Diese Hunde. Diese dreckigen scheiß Hunde. Sitzen da, trinken mein Bier, ballern mein Zeug und tun so, als unterhielten die sich über ein scheiß Berliner Start-up. Ausgerechnet Chico. Seit dem scheiß Kindergarten kennen wir uns, seit dem scheiß Kindergarten waren wir Freunde. Und jetzt sitzt der da, zusammen mit seinen drittklassigen Hurensohn-Habibis, trinkt mein Bier, zermörsert meine Steine und hält mich für so bescheuert, dass ich nicht sehe, was da drüben los ist, am anderen Ende des Wohnzimmertisches.

»Das ist doch Quatsch«, sagt der rechts von Chico. »Kein Mensch guckt sich den Markt an, wenn er eine Firma aufbaut.«

»Natürlich guckst du dir den Markt an«, sagt der links von Chico. »Woher willst du sonst wissen, was du zum Beispiel für eine Infrastruktur brauchst?« Mit einer Rasierklinge portioniert Chico zwei Dutzend dünne schmale Straßen neben den Berg Kokain, der aussieht, als habe jemand ein Pfund Mehl auf das Tablett geschüttet und daraus dann einen Vulkan gebaut, wie Kinder Sandburgen an scheiß Sandstränden bauen. Dabei grinst er mich an und zwinkert mir zu, als hätte er mir einen scheiß Gefallen getan.

Rechts: »Du guckst dir die Konkurrenz an.«

Links: »Die Konkurrenz.«

Rechts: »Na klar! Wenn ich, sagen wir, eine Firma für Rasenmäherzubehör gründen will, dann guck ich mir an, wie das bei den anderen so läuft. Wo bestellen die? Wie verpacken die? Mit wem verschicken die? Geben die die Versandkosten weiter?«

Links: »Aber in dem Moment guckst du dir ja auch den Markt an.«

Rechts: »Was für Markt, Junge, ich guck, was die Konkurrenz macht.«

Links: »Aber die Konkurrenz ist der Markt!«

»Die Konkurrenz ist der Markt«, sagt Chico, dieser dämliche Schwanz, grinst und schiebt mir mein Kokain rüber. Vier weiße Straßen hintereinander prügle ich mir ins Gehirn.

Rechts: »Markt und Konkurrenz sind zwei unterschiedliche Dinge. Die sind jetzt nicht ganz so weit auseinander, das geb ich zu, aber die Konkurrenz ist nicht der Markt. Die Konkurrenz ist Teil des Marktes, klar, aber sie ist nicht der Markt.«

Chico: »Wo wollt ihr eigentlich hin mit eurer Marktanalyse hier? Was ist das große Ziel?«

Rechts: »Die große Frage.«

Links: »Die große Frage ist die: ›Was ist gute Führung?‹«

Chico: »Wie bitte kommt man vom Zubehör für Rasenmäher auf die Frage, was gute Führung ist? Habt ihr ne Partei gegründet, oder was?«

Rechts: »Nein, aber im Grunde ist das hier ja auch eine Firma, oder nicht?« Alle sehen sie mich an. Ich ziehe weiter Straßen vom Tablett, eine nach der anderen. Es brennt, wie brennende Scheiße brennt, die dir auf dem Klo hockend den Arsch abfackelt, während du sie Scheiße nochmal aus deinem scheiß Arschloch presst. »Meine scheiß Firma«, sage ich, zieh meine Nase hoch, kratz mich am Kopf. »Das ist meine scheiß Firma.«

Rechts: »Aber eine Firma.«

Ich: »Meine scheiß Firma!« Ich leg meine Hand rechts zwischen Sessellehne und Bein, fühle die Beretta.

Links: »Auf jeden Fall ist die Frage die, wie man so eine Firma führt. Weil in über siebzig Prozent der Fälle ist es doch so, dass wenn die Struktur einmal steht, dass man da selten wieder rauskommt. Der Mensch ist ein Gewohnheitstier. Mehr noch, der Mensch ist ein Veränderungsverweigerer.«

Rechts: »Veränderungsverweigerer. Was für ein Wort.«

Links: »Und gute Führung besteht eigentlich nur daraus, Veränderungen zuzulassen. Oder besser noch, einen Rahmen zu schaffen, in dem Veränderungen nichts Schlechtes sind, denn sein wir mal ehrlich, die wenigsten wollen Veränderungen. Veränderungen sind immer was Schlechtes. Also aus unternehmerischem Gesichtspunkt jetzt.«

Rechts: »Bullshit! Wenn ich meine Firma vergrößere, dann ist das doch keine negative Veränderung!«

Links: »Nein, aber sich zu vergrößern ist keine Veränderung im strukturellen Sinn. Du änderst ja nichts am Grundgerüst der Firma, du wirst nur größer, du skalierst alles. Veränderung meint, wenn du zum Beispiel merkst, dass es in der Führung nicht mehr rund läuft, und du dann da ansetzt und die zum Beispiel auswechselst.«

Ihr kleinen Hurensöhne, alle drei und Chico ganz besonders. »Versucht's doch!«, schrei ich.

»Hey«, sagt Chico. »Toni. Entspann dich. Was ist denn los?« Ich lehne mich zurück. »Bitte«, sage ich und zeige auf das Trio. »Weiter. Nur zu. Die Firma ist scheiße und die Führung wird ausgewechselt.«

Links: »Also. Wenn die Führung es verkackt hat –«

Rechts: »Was meinst du mit verkackt?«

Links: »Einfach verkackt. So richtig mit Anlauf verkackt.«

Rechts: »Einfach verkackt ist keine Erklärung, einfach verkackt ist nur eine Verdeutlichung, dass du keinen blassen Schimmer hast, wovon du da redest.«

Links: »John Sculley.« Chico lacht laut auf, zieht mein Koks.

Rechts: »Natürlich. John scheiß Apple Computer Sculley.«

Links: »John Sculley hat es verkackt, oder nicht?«

Chico: »Aber mit Anlauf!«

Links: »Mit Anlauf. Und die ganze Firma ist am Arsch, weil die Führung es verkackt hat.« Dieser Schwanz sieht mich an, als sei ich scheiß John Sculley. Ich grinse. Im Wissen um die Beretta an meiner Seite grinse ich so grell, dass sich alle Muskeln um meinen Mund herum und bis hinunter zur Schulter verkrampfen, ein gewaltiges Grinsen ist das, ein ›Bei der Macht von Grayskull‹-Grinsen.

Links: »Aber weil John Sculley nun mal der CEO ist, kann man ihn nicht so einfach rausschmeißen und ersetzen. Das ist ein Problem.«

Rechts: »Und trotzdem ersetzt Spindler irgendwann Scully.«

»Ich versteh noch immer nicht, worauf ihr eigentlich hinauswollt«, sagt Chico. »Verstehst du die beiden?« Er sieht mich an. Ich hab aufgehört, Straßen zu ziehen. Stattdessen stecke ich den gerollten Schein tief in den

Kokain-Vulkan hinein und baller mir das Zeug mit einer Vehemenz durch die Nase, dass es augenblicklich still wird. »Alles klar, Bruder?«, fragt mich Chico. Für das Bruder jag ich dir ne scheiß Kugel in deine scheiß Eier, bevor ich dich Scheiße nochmal umlege. Die Hand an der Beretta ruf ich: »Weiter, ich will hören, wie ihr hier die scheiß Führung auswechselt, los!«

»Bruder, die wollen hier keine Führung auswechseln«, sagt Chico.

»Okay«, sage ich, mache mit der Hand eine Bewegung, dass sie weitermachen sollen. »Bitte. Spindler ersetzt Sculley.«

»Spindler ersetzt Sculley«, sagt Links, aber mehr sagt er nicht, alle sehen auf meine Hand, ich seh auf meine Hand, die Beretta liegt darin.

»Bruder«, sagt Chico. Definitiv schieß ich ihm erst die Eier weg. »Bruder, deine Nase.«

»Scheiß auf die Nase! Ich will jetzt wissen, wie diese beiden Wichser hier, wie *du* und diese beiden Wichser hier, wie ihr *zusammen* Spindler gegen Sculley tauscht.«

»Hör mal«, sagt Chico. »Es geht hier um Apple.«

»Ich weiß«, sage ich.

»Um die Computerfirma.«

»Natürlich geht es um die Computerfirma, um wen sonst?«, rufe ich.

»Und der eigentliche Fehler«, sagt Links, »der eigentliche Fehler war ja auch der, dass generell Steve Jobs aus der Firma gedrängt wurde.«

»Richtig«, sagt Rechts. »Hätten die einfach Steve Jobs behalten, wäre Apple nie so vor die Wand gefahren.« Ich schieß auf Rechts und die Kugel zieht haarscharf vorbei an seinem linken Auge. Putz platzt aus der Wand dahinter. Ich lache laut auf, springe aus dem Sessel. »Ich hab' dem rechten Kerl grad um ein Haar ins linke Auge geschossen, habt ihr das gesehen?«

»Bruder, was für –« Ich ziele auf Chico. »Nenn mich noch einmal einen scheiß Bruder und ich baller dir erst den scheiß Schwanz weg, bevor ich dir Scheiße nochmal ne Kugel zwischen die Augen setz, zwischen die Augen, verstehst du, zwischen die Augen!«

»Was hat der dir getan, verdammte Scheiße?«, ruft Chico. Er sieht auf Links. Der sitzt auf der Couch: Augen offen, Mund offen, Blase offen.

»Jetzt pass mal auf«, sage ich. »Wenn ich irgendwem seine scheiß Firma wegnehmen will, ja, dann –«

»Bruder, niemand will dir hier –«

»NENN MICH NOCH EINMAL BRUDER«, schreie ich so laut, dass ich zu husten anfange, ich huste so stark, dass mein Hals schmerzt und mein Hals schmerzt so stark, dass ich würge, so lange, bis ich etwas Klumpiges auf den Tisch kotze. Als die Scheiße endlich draußen ist, wisch ich mir mit der Hand den Mund ab, kratz mich am Kopf, seh auf Chico. »Wenn ich irgendwem seine scheiß Firma wegnehmen will, Chico, dann mach ich das verdammte Scheiße einfach und schwing nicht erst große Reden, und dann, wenn's hart auf hart kommt, dann zieh ich den scheiß Schwanz ein, so übernimmt man keine Firma!«

»Du musst was trinken«, sagt Chico. »Irgendwas ohne Umdrehungen. Und du musst die Waffe runternehmen.«

»Ihr glaubt, ich hätte das nicht gemerkt, stimmt's?«

»Keiner hier will dir was.«

»Ihr glaubt, dass ihr das alles hier gut geplant habt, oder? Ihr kommt hier her, in meine Wohnung, setzt euch an meinen Tisch, –«

»Wir werden jetzt gehen, okay?«

»– verwickelt mich in so ein scheiß Vince und Jules *Pulp Fiction* fick deine Mutter Gelulle und denkt, ich check nicht, was hier los ist!«

»Gehen wir«, sagt Chico zu Links und Rechts, aber keiner der beiden rührt sich.

»ICH BIN KEIN SCHEISS ROYAL MIT KÄSE!«

»Jetzt reicht's aber!« Chico springt aus meiner Couch und schreit mich an, als wär ich der Leibhaftige oder die scheiß Drogenfahndung oder sein pädophiler Stiefvater, so energisch steht der da und schreit und schreit und hört einfach nicht auf und öffnet und schließt den Mund, immer wieder, und spuckt Wörter, als wären es Gewehrsalven, schießt sie in meine Richtung, und ich duck mich unter all den Wörtern hindurch wie Neo in der scheiß Matrix, und alles was aus Chicos Mund geschossen kommt, landet weit hinter mir in der Wand, schlägt dort ein, KABUMM!, aber Chico hört nicht auf, wie beim Trommelfeuer schreit er weiter, schreit, so laut, lauter als ich geschrien hab, als ich auf den Tisch kotzen musste, wie macht der das nur, dass der nicht kotzt? »Ist das klar!«, schreit Chico.

»Setz dich«, sage ich und zeige mit der Beretta in Richtung Couch. »Los, setz dich hin.«

»Keiner hier will dir was, du scheiß Vollidiot.«

»Das sagst du so, du kleiner Schwanz, aber weißt du was? Die Augen, Chico. Die Augen lügen nie.«

»Bruder, ich hab –« Ich schieße Chico eine Kugel zwischen die Beine, sie verfehlt ihn und fetzt ein Loch in die Couch, ein Loch mit einem Kreis wie ein Brandfleck um den äußeren Rand der Einschussstelle, und noch während ich hinein gaffe, in das Couchloch, springt Chico hinter die Couch, und auch Rechts hat sich wieder gefangen, denn der springt gleich hinterher, beide verschanzen sie sich in der Spalte zwischen Couch und Wand, wie die zwei aus *Lethal Weapon* sich hinter dem Wagen verstecken, als auf sie geschossen wird, Mel Gibson und der Schwarze, keine Ahnung wie der hieß, Joe Pesci, oder nein, das war der andere, aber der hat sich auch versteckt, ein richtiger Schisser war der gewesen, genau wie Chico und Rechts, und dann plötzlich, wie aus dem Nichts, setzt Musik ein, in meinem Kopf, gewaltig und ohrenbetäubend, ein beethovenmäßiger Soundtrack, irgendwas mit TÄTÄTÄTÄÄÄÄÄ, und mein Kopf will sich hinlegen, ausruhen, mein Herz rast, meine Lunge brennt, beide brennen, mein Kopf schreit, kreischt, quietscht, ich kann nicht mehr, brauch eine Pause, »Pause«, rufe ich, »Pause«, sehe auf Links, der sitzt noch immer auf der Couch, zittert, weint, will was sagen, klappert lautstark mit den zittrigen Zähnen, dann springt die Tür aus den Angeln und noch ehe ich *Quarter Pounder mit Käse* sagen kann, platzt mein Schädel, explodiert mein Kopf, zerberstet, bricht auf, aber das ist egal, scheißegal, denn alles, woran ich denken kann, ist: Jawoll, genauso übernimmt man eine scheiß Firma, nicht lange fackeln, einfach weg damit, der König ist tot, lang lebe der König, TÄTÄTÄTÄÄÄÄÄ, dann ärgere ich mich, dass ich Chico nicht vorher die Eier weggeschossen hab, dann denk ich nichts mehr, ich glaube, weil ich tot bin, vielleicht aber auch einfach nur erschöpft, wo ist denn da der Unterschied, wer weiß das schon, wer weiß überhaupt irgendwas, ich nicht, ich weiß nichts mehr, ich will nichts mehr, ich kann nicht mehr, scheiß die Wand an und mach das Licht aus, Ende, verdammte Scheiße, Ende.

»Bist du fertig?«, fragt Key.

»Scheiß die Wand an«, ruft Kalle, »und mach das Licht aus, ich kann nicht mehr!« Er sitzt vornübergebeugt auf seinem Stuhl, lacht und ringt nach Atem gleichzeitig.

»Und das, mein lieber Freund«, sage ich zu Kalle, während ich mich wieder auf die Couch setze, »das war die Geschichte von Toni und Chico und Frank und Omar.«

»Können wir dann jetzt weitermachen«, beharrt Key.

Kalles Lachen läuft aus wie eine Flugzeugturbine: langsam und lang gezogen. »Dem Rechten ins linke Auge«, sagt er, reibt sich mit den Handballen die Augen und sieht mich an. »Ich glaub, du machst jetzt besser weiter. Sonst macht Key hier gleich auch nur noch *Tätätätäää*.« Beide lachen wir noch einmal, Kalle und ich, dann stehe ich auf und gehe rüber in die Booth. »Danke«, sagt Key und steckt den Kopf zurück in den Bildschirm.

Als ich die Tür hinter mir zuziehe und das sumpfige *umpf* vorbei ist, sage ich noch einmal: »Der König ist tot, lang lebe der König.« Ich lausche dem tiefschwarzen Nichts der Booth, dann gehe ich zum Mikrofon und setze den Kopfhörer auf.

»So wie vorhin«, sagt Key, »nur diesmal mit Seele.«

»Seele«, sage ich. »Wenn's sonst nichts ist, Seele kannst du haben.«

»Mach deinen Part einfach so, wie du gerade deine Geschichte erzählt hast.«

»Ach, *da* war Seele drin, ja?«, frage ich.

»Auf jeden Fall wolltest du, dass dir Kalle unbedingt zuhört«, sagt Key.

»Hat funktioniert!«, ruft Kalle.

»Also Seele«, sage ich.

»Seele«, sagt Key.

»Seele!«, ruft Kalle.

Key lässt den Knopf für's Mikro los. Der Beat setzt ein. Dann der Bass. Ich schließe die Augen, hole tief Luft, ziehe meine Seele aus meinem Innern heraus und schiebe sie zusammen mit meinem Part aus meinen Lungen, durch die Luftröhre hinauf und weiter aus dem Rachen, aus dem Mund, durch den Plopschutz hindurch und hinein ins Mikrofon. Ich fühle und leide und meine jede einzelne Silbe genau so, wie ich sie einmal aufgeschrieben habe, als sie mir unter den Nägeln brannte, wie flüssiger Teer auf nackter Haut brennt. Und als jedes Wort genau da sitzt, wo es hingehört, wohl platziert und mit exakt der Betonung die es braucht, um dich anzufassen, da bleibe ich zurück in der dunklen Booth, eine leere Hülle aus Knochen und Fleisch und Blut, so leer wie die Gläser im Rückbuffet vom Kippchen. Und so selbstverständlich, als gehöre dieser Akt zum Recording dazu, öffnet sich die Tür zum Studio. Mit dem Körpergefühl eines polnischen Erntehelfers nach einem Sommer voll unterbezahlter Arbeit stehe ich in der dunklen Booth, halte mich am Mikrofonständer fest und sehe in diese andere, beleuchtete Welt hinein und dabei zu, wie der neue Mann im neuen Studio eine glänzende Waffe zieht. Und kurz bevor sich Teile von Keys Gehirn im Raum verteilen, auf den Wänden, den Polyurethan-Absorbern und auf Keys Bildschirm, da sehe ich sie lächeln: Key lächelt. Und dieser Gesichtsausdruck, diese hochgezogenen Mundwinkel, sind mir so fremd, dass mein Verstand größere Schwierigkeiten damit hat, Keys Lächeln zu verarbeiten, als die Tatsache, dass da gerade ein Mann ins Studio kommt, nicht reinstürmt, nicht eindringt, nicht schreit und auch nicht wütet, bloß hereinkommt, eine Waffe zieht und Key eine Kugel in den Kopf jagt.

Den Schuss selber höre ich nicht. Ich sehe bloß, wie Key in sich zusammensackt und wie Kalle reagiert: mit einem klanglos aufgerissenen Mund. Er sitzt da, Kalle, auf dem Stuhl, auf dem er vorhin auch schon gesessen hat, als ich ihm die Geschichte erzählt hab, die Geschichte von Toni und Chico und Frank und Omar und reißt seinen Mund auf, so weit, als wäre der ein Sternentor in eine andere Welt. Daneben die leblose Key. Davor der Mann mit der glänzenden Waffe. Und in der dunklen Booth ich: der atemlose Sim.

Acht Millionen Jahre hält er an, dieser Zustand. Acht Millionen Jahre. Dann sieht der Mann zu Kalle. Er sieht ihn an, sieht in seinen aufgerissenen Mund hinein. Ich trete ein paar Schritte zurück. Mit dem Rücken stoße ich gegen einen Absorber. Der Holzrahmen rutscht von seiner Befestigung, kippt und fällt auf den Boden. Das Geräusch ist zu Ende, noch bevor ich verstehe, was passiert ist. Ich sehe wieder durch das Fenster. In den Fernseher hinein. Ich will umschalten. Ein anderes Programm, einen anderen Kanal, irgendwas. Ich fange an zu klatschen. Ich klatsche in die Hände und rufe laut »Nächstes! Nächstes! Nächstes!«, während der Mann dabei zusieht, wie Kalles Mund sich plötzlich öffnet und schließt und verbiegt und verzerrt, wie Kalles Zunge hervorschießt und sich zurückzieht, und der Mann, er steht nur da und starrt auf Kalle, mit einem Gesichtsausdruck, als denke er angestrengt über etwas nach, und ich stehe da und klatsche weiter: »Nächstes! Nächstes! Nächstes!« Und als Kalles Oberkörper vornüber schießt und er so langsam sein Essen auskotzt, dass es aussieht, als diniere er rückwärts, öffnet und schließt der Mann mit der glänzenden Pistole seinen Mund, dreht sich um und verlässt das Studio so unaufgeregt, wie er gekommen war.

Die Tür fällt zu. Kalle kotzt in Häppchen. Key sitzt in ihrem Stuhl, den Kopf auf ihrer Brust liegend, als sei sie eingeschlafen. Ich drehe mich um. Hebe den Holzrahmen mit dem Absorber auf. Ich versuche ihn an die Wand zu hängen, aber immer wieder fällt er auf den Boden. Fünfmal. Sechsmal. Siebenmal. Ich lasse ihn liegen, drehe mich um und stoße das Mikro mitsamt dem Ständer um. Ich ziehe den Kopfhörer aus. Lasse ihn auf den Boden fallen. So langsam, als müsse ich bei jedem Schritt die Festigkeit des Bodens überprüfen, schwanke ich zur Tür. Als ich sie öffne und rüber zu Kalle gehe, fühlt es sich an, als trage ich die Dumpfheit der Booth mit hinüber.

Es riecht nach Schweiß und Schießpulver und nach etwas anderem. Süßlich bitter. Ein tiefes und knackendes Brummen hängt im Raum. So, als säße ein Klinkenstecker nicht richtig im Pult. Kalle sitzt noch immer auf seinem Stuhl. Den Kopf vornübergebeugt zwischen den Oberschenkeln. Er gibt Geräusche von sich wie ein russischer Gefangener im Gulag, fünf Minuten bevor er an Tuberkulose stirbt.

Ich gehe rüber zur Couch. Setze mich hin. Greife meine Zigaretten vom Tisch, zünde mir eine an. Ich inhaliere lange und tief.

Dann plötzlich setzt in meinem Kopf der Beat ein. Keys Beat. Ich höre sie rufen: »Nochmal.« In meinem Kopf rappe ich meinen Part.

»Nochmal.«

Dann wieder der Beat. Der Bass. Mein Part.

»Nochmal.«

Der Beat. Der Bass. Mein Part.

»Nochmal.«

Der Beat. Der Bass. Ich sehe zu Key. Rechts in der Stirn ein Loch. Ein Loch mit einem Kreis wie ein Brandfleck um den äußeren Rand der Einschussstelle. Dahinter Dunkelheit. Und auf ihrem Gesicht, auf ihrem ganzen Gesicht, ein Lächeln. Key sieht aus wie eine glückliche erschossene Behinderte.

# DER MIKE-MANN

Vor mir drei Bier in drei verschiedenen Gläsern. Daneben ... viele Kurze. Ich sehe auf den Mann hinter der Theke.

»Was is das?«, frage ich. Es klingt wie ein Wort. Wasisdas.

»Dein Bier und dein Sambuca«, sagt er.

»Hab ich nicht bestellt.«

»Doch.«

»Nein!«

»Ist auch schon bezahlt«, sagt er.

»Na dann.« Ich trinke erst ein Bier, dann einen Kurzen. Dann starre ich den Mann hinter der Theke an, so konzentriert, als wäre der ein Studienfach der Trinkerfakultät.

»Du bist modisch«, sage ich. Er ignoriert mich. Ich sehe mich um, wir sind allein. Noch früh. Selbst für dieses Viertel. »Dein T-Shirt ist ein bisschen eng«, bleib ich am Ball. »Aber deine Mütze. Die sieht toll aus. Aber das ist keine normale Mütze, oder? Also keine richtige, mein ich. Keine Mütze Mütze. Mehr so ein dünner Schal. Den man eigentlich gar nicht braucht. Der aber gut aussieht. Ein Mützen-Schal.« Der Wirt dreht mir den Rücken zu. Rückt Gläser und Flaschen im Regal zurecht. »Mütze Mütze«, sage ich und lache. Dann sehe ich wieder dem Wirt zu. »Wie aus Holz geschnitzt steht der da«, sage ich. Der Wirt rückt weiter. »Die Muskeln mein ich. Wie ein Konzert sieht das aus. Auf deinem Arm. Da kann man alles sehen. Als wär nicht ein Tropfen Wasser mehr da drin. Richtig leer gesaugt sind die. Muskelmanni.«

»Bist ein richtiger Beobachter, ja«, sagt der Wirt.

»War ich mal«, sage ich, trinke erst ein Bier, dann einen Kurzen. Wie ein hyperaktives Kleinkind auf der langatmigen Geburtstagsfeier der Urgroßmutter stiftet der Sambuca Unruhe in mir, vom Kopf übers Gedärm bis hinunter in die zittrigen Waden. »Um die Menschen zu verstehen«, sage ich, »musst du die beobachten. Aber das Problem ist, dass du dafür einen klaren Kopf brauchst, verstehst du? Einen klaren Kopf!« Ich schlage mir mit der Faust gegen die Stirn.

»Funktioniert ja super«, sagt der Wirt. Er ist fertig mit Aufräumen.

»Oooh. Sarkasmus. Hm. Sehr gut. Bewahrt dich vor emotio ... emo ... vor Gefühlsleerlauf.« Ich zeige auf das letzte Bier. »Aber das hier«, sage ich, »da ist Benzin drin. Verstehst du? Benzin!«

»Live fast, love hard, die young«, sagt der Wirt.

»Nein. Nein, nein, nein! Nicht das Rock'n'Roll Benzin. Das mein ich nicht. Hör mir doch zu, ich mein das anders. Pass auf.« Ich rücke auf meinem Hocker hin und her, so wie ein Läufer seine Laufschuhspitze in den Boden dreht, kurz bevor der Startschuss ertönt. »Kennst du das? Wenn tausend Dinge gleichzeitig in deinem Kopf sind? Alle auf einmal? Und ich mein jetzt nicht, dass die da rumliegen und sich sonnen oder so, sondern ... wenn die wie ... Blitze. Wenn die wie Blitze innen vor deinen Augen hin und her ... blitzen. Hin. Und her. Und hin. Und her. Und nicht so ein paar oder zwei paar, sondern so ne ganze Armee von Gedanken! Voll viele! Da sind Verpflichtungen! Da sind Erwartungen! Da sind Einkaufszettel! Rechnungen, Leergut, Termine, altes Obst, so was alles. Der Gedanke, ob du den Herd angelassen hast. Obwohl du das letzte Mal gekocht hast, da warst du noch verheiratet! Was so lange her ist, wie dein letzter Sex. Meine Güte, wie lang das her ist. Und alles gleichzeitig und laut und spitz und bohrend. Und dabei fühlt sich dein Kopf an, also dein Gehirn jetzt, ganz tief drinnen, das fühlt sich an, als wär da Strom. Und nicht irgendsoein Steckdosenstrom. Starkstrom! Als hätte dieser Kerl aus Spider-Man, dieser Elektrojunge, als hätte der dir ins Gehirn gebissen und alles da drinnen würd jetzt tanzen. *Bssssssssss*. Immer weiter, immer schneller, immer lauter. Bis du irgendwann das Gefühl hast: noch einen Augenblick länger, und ich verkokle. Kennst du das?«

Seine Augen sagen, dass er weiß, wovon ich rede. Der Rest wägt ab, was für Konsequenzen es hätte, würde er es zugeben. Hundert Jahre später nickt er. »Kenn ich.«

»So. Und jetzt stell dir vor, das wär dein Normalzustand. Du wachst morgens so auf. Du stehst so unter der Dusche. Du gehst so zur Arbeit. Du isst so, fickst so, also früher jetzt, bringst den Müll so raus, schläfst so ein, jeden Tag. Immer immer immer nur Gedanken. Gedanken Gedanken Gedanken. Aber das hier«, sage ich, trinke erst ein Bier, dann einen Kurzen, und noch nicht ganz heruntergeschluckt, schießt mir der Sambuca zurück in den Mund, ins Glas, auf den Tresen. »Scheiße!,«, rufe ich. »Da is ja mehr raus als rein!« Ich stelle mich auf die Fußablage des Barhockers, rutsche ab, der Barhocker rutscht unten nach hinten weg und ich schlage mir erst das Kinn am Tresen, dann den Kopf auf dem Boden auf.

»Mike? Kannst du mich hören? Mike?«

Ich öffne die Augen.

»Mike?«

»Ich heiß nicht Mike«, sage ich. Es klingt wie ein Wort. Ichheißnichtmike.

Ich sehe nach rechts. Neben mir, auf einem anderen Barhocker, sitzt ein Mann, Handy am Ohr. »Mike? Verdammt nochmal, bist du im Tunnel oder was? Mike!«

»Mike ist tot«, sage ich und lasse den Mann Mann sein. Vor mir drei Bier in drei verschiedenen Gläsern. Daneben ... viele Kurze.

»Was ist das?«, rufe ich.

»Mike!«

»Scheiß auf Mike, was ist das hier?«, rufe ich.

»Mach keinen Ärger, klar?« Eine Frau hinter dem Tresen. Entwaffnend, irgendwie.

»Tschuldigung.«

»Danke.«

»Was ist das?«, frage ich die Frau.

»Dein Bier und dein Malteser.«

»Malteser? Gottverdammt, wer trinkt denn heute noch Malteser?«

»Mike? Ach leck mich doch am Arsch.« Er legt auf. »Ulli? Gibst mir noch ne Runde?«

»Klar«, sagt Ulli.

»Tausende«, sage ich.

»Was?«, fragt der Mike-Mann.

»Holt der Klausi der Agni ne Cola?«, sage ich.

»Was für ... Sag mal, gehört der zu irgendwem?«, fragt der Mike-Mann Ulli.

»Nicht, dass ich wüsste«, sagt Ulli.

»Stand heute morgen«, sage ich, »gehör ich nur noch mir selber.«

»Hoch dramatisch«, sagt der Mike-Mann.

»Du hast ja keine Ahnung«, sage ich, stürze erst ein Bier, dann einen Malteser hinunter, dann kotze ich dem

Mike-Mann in den Schoß. Er sieht mich an wie jemand, der den Witz nicht verstanden hat und der jetzt darauf wartet, dass er ihm erklärt wird. »Halleluja!«, rufe ich, »so war das also. Ich erinner mich.« Ich stehe auf, gehe in Richtung Tür. Der Mike-Mann sieht auf seinen Schoß, Ulli auf den Mike-Mann. Niemand sagt etwas.

Ich gehe aus der Kneipe. Die Sonne bohrt ihre doppelschneidige Klinge in meine Augen, in mein Gehirn, in meinen Tag. Ich kneife die Augen fest zusammen. Stecke mir eine Zigarette an. Lächle, rufe: »Halleluja!« Dann gehe ich die Straße ein Stück weiter und in den nächsten Laden mit einer Tür, vor der Leute sitzen und Dinge trinken. Noch nicht ganz drin, flieg ich im hohen Bogen wieder raus. Ich beschimpfe Männer als Kommunisten und Nazis und Sozialdemokraten. Dann kotze ich vor ihre Tür und gehe weiter.

Es riecht nach Vergangenheit. Nach Zucker. Es riecht wie in einem Bonbonladen, in dem es alles gibt, alles und nichts, weil die Auswahl dich so sehr überfordert, dass du ohne irgendetwas zu kaufen wieder hinausgehst, genau so riecht das.

»Himbeere«, sage ich.

»Was?«

»Das ist Himbeere.«

»Halt die Fresse und geh weiter.«

»Das ist Himbeere!« Vehemenz, die es nur bis in die Tonlage schafft.

»Salam aleikum.« Jemand fasst mich am Arm. Ich sehe auf, sehe nichts.

»Aleikum Salam«, sage ich. Es klingt wie ein Wort. Aleikumsalam.

»Geht es dir gut, Bruder?«

»Ich hab Durst.«

»Möchtest du ein Wasser, Bruder?«

»Bier«, sage ich.

»Das gibt es hier nicht.«

»Kein Bier?«

»Nein Bruder, tut mir leid, kein Bier. Aber guck da hinten, Bruder, da ist eine Bar, die haben Bier.«

Ein Motor schreit, laut wie eine Kettensäge, wie hunderte Kettensägen. Der Boden zittert, Männer grölen, applaudieren. Jemand drückt mir einen Schein in die Hand. »Hier bitte, Bruder. Da hinten gibt dein Bier, Bruder.«

»Danke.«

»Gerne Bruder, gerne, aber du musst jetzt gehen, okay? Hier lang. Hier. Vorsicht, da steht ... Genau. Hier Bruder.« Er lässt mich los. »Danke«, sage ich. Niemand antwortet. Ich laufe über Beton, wanke, stolpere, fang mich wieder, laufe weiter, immer weiter, links und rechts, so lange, bis der Geruch von Bonbons Platz macht für irgendwas anderes, keine Ahnung was, auf jeden Fall was mit Essig oder mit Säure oder mit Essigsäure, es stinkt. Meine Güte stinkt das.

Dann plötzlich sind da Männer.

»Salam aleikum«, sage ich.

»Verpiss dich, du Schwanz.«

»Komm schon, wir müssen –«

»Halt die Fresse, der ist voll wie zehn Russen, der sieht sowieso nichts.«

»Salam aleikum«, sage ich noch einmal.

»Salam dich selber, du Missgeburt.« Jemand lacht.

»Salam aleikum!«, rufe ich jetzt laut und stelle fest, dass es ein Echo gibt.

»Ich hab gesagt, halt die Fresse!« Ein langer Hall, ein langer Raum. Schritte.

»SALAM ALEI –«

Schmerz.

Schwarz.

»Noch ein Bier.« Es klingt wie ein Wort. Nocheinbier.

»Ich hab gesagt, hau ab.«

»Nur noch ein Bier!«, rufe ich. Jemand packt mich, schleift mich irgendwo hin, eine Tür. Ich drehe mich um mich selbst. »Bier!«, rufe ich, so laut ich noch kann, viel ist da nicht mehr. Die Tür geht wieder auf, etwas kommt auf mich zu, jemand, ich stolpere, strauchle, denke ans Meer und falle.

»Was darf's sein?«

Ich sitze. Auf einem Hocker vor einem Tresen. »Was zu trinken«, sage ich. Es klingt wie drei Wörter. Was zu trinken.

»Und was genau?«

»Was gegen den Durst.«

»Welche Art von Durst?«

»Mensch, jetzt sei nicht so pingelig, was soll das schon sein für ein Durst. Einer nach Harmonie, nach Einklang, nach Vergessen. Ich hab dreifach Durst. Gib mir drei Bier. Drei verschiedene Biere in drei verschiedenen Gläsern.«

»Drei Bier gegen das alles?« Jemand lacht.

»Hast Recht. Gib mir auch Schnaps.«

»Drei?«

»Drei mal drei«, sage ich. »Bitte.«

Der Mann zapft. Drei Bier in drei verschiedene Gläser.

Dann füllt er neun Kurze, stellt alles vor mir auf den Tresen. Ich zahle und fange an zu trinken.

»Schlimmer Tag?«, fragt wer neben mir.

»Schlimmes Jahr«, sage ich.

»Nicht die Hoffnung verlieren.«

Ich sehe nach rechts, sehe auf einen alten Mann und fühle, wie dieses Wort, Hoffnung, wie das eine Saite in mir anschlägt, eine dunkle und tiefe und wütend brummende Saite. Ich trinke erst ein Bier, dann drei Kurze. »Hoffnung«, sage ich. »Dass ich nicht lache.«

## HOFFNUNG

Um die Tastatur herum Barthaare. Lange und kurze, blonde und graue. Der Aschenbecher die siebte Pyramide von Gizeh.

Er zieht an der Zigarette. Dass er seit ein paar Minuten den Filter raucht, bemerkt er gar nicht. Es kann doch nicht so schwer sein, das alles mit Hoffnung enden zu lassen, denkt er. Hoffnung, verdammte Scheiße nochmal.

Dreißig Seiten lang hat er geflucht, geschlagen, gedealt und all die anderen Dinge getan, von denen die Welt sagen wird, es wäre ihm bloß um die Darstellung von Gewalt gegangen, roher Gewalt, nackter Gewalt und sonst nichts.

Scheiß auf die Welt.

Wenn du dich lange genug mit den Abgründen der Menschheit beschäftigst – wobei es das Wort »Menschheit« nicht ganz trifft, »Mensch« wäre expliziter, Singular, wobei das auch nicht der Kern ist, weil ein einzelner

Mensch wahrscheinlich die in sich zufriedenste Person auf der Welt ist. Es braucht also mindestens einen weiteren, im besten Fall zwei. Ab drei wird es spannend, ab fünf unübersichtlich. Da geht es dann auch nicht mehr um den Einzelnen.

So oder so. Wenn du dich lange genug mit den Abgründen der Menschen beschäftigst, läufst du Gefahr, dich in der Dunkelheit zu verlieren. Wenn du nicht aufpasst, ist plötzlich alles schwarz und stumpf und taub. Das macht dich fertig. Nicht das *kann* dich fertigmachen, das *macht* dich fertig. Imperativ. Deshalb muss diese Geschichte mit Hoffnung enden, sie muss einfach. Darum, und weil das so in der Ausschreibung steht. »Thema: Hoffnung«. Aber was ist Hoffnung? Was verdammte Scheiße ist Hoffnung? Ein Happy End? Er kann doch diese Geschichte nicht mit einem Happy End zumachen, das fand er schon bei »Ende gut« zum Kotzen. Aber was ist Hoffnung dann? Der Blick ins Licht? Und wenn ja, welches Licht? Das am Ende des Tunnels? Oder das am Horizont? Ist Hoffnung das, was die Dunkelheit erträglich macht? Der Glaube daran, dass es wieder besser wird? Ist Hoffnung Glaube? Sowas wie wenn du deine Straße bis ganz zum Ende durchfährst, weil du hoffst, dass da doch noch ein Parkplatz frei ist? Wenn du Tag für Tag, tagein, tagaus, diese Straße hinunterfährst und denkst: »Ich krieg einen Parkplatz«, ist das Hoffnung? Und wenn ja, warum fällt es ihm so schwer, darüber zu schreiben? Fehlt ihm vielleicht die Hoffnungserfahrung? Ist da überhaupt Hoffnung in ihm selber? Ist da Hoffnung?

Schon. Manchmal. Wenn er ein Buch beendet hat und so sicher weiß, dass es seine Leser finden wird, wie sich der Fahrer sicher ist, dass er einen Parkplatz findet. Aber der Fahrer dreht so selbstverständlich die nächste Runde, wie sein Buch der nächste Ladenhüter wird. Ärgert ihn das? Klar. Manchmal. Aber es bereitet ihm keine schlaflosen Nächte. Die Veröffentlichungen sind ein Zubrot. So wie alles nach dem achtundsechzigsten Geburtstag. Er schreibt nicht der Veröffentlichung wegen, er schreibt des Schreibens wegen. Und damit ist er all den anderen Schriftstellern einen entscheidenden Schritt voraus. Immer grinst er, wenn er daran denkt, wie sie da hocken. Über ihre Tastaturen gebeugt, sich durch das Internet recherchierend, in der Hoffnung, dass Authentizität erlernbar ist. Ist sie nicht. Aber den Lesern fällt das nicht auf. Woher sollen die wissen, was authentisch ist? Die haben doch selber keine Ahnung. Was wahrscheinlich der Grund dafür ist, dass er sich hier seit Tagen im Kreis dreht. Authentizität. Wie kann jemand über Hoffnung schreiben, dessen Leben so viel Hoffnung hat wie Herbert Grönemeyer ernst zu nehmende Texte? Vielleicht sollte er den Sack einfach zumachen. Die Hoffnung loslassen und zusehen, was da auf dem Bildschirm passiert. Buchstaben kommen, gehen, bilden Wörter, Sätze, Absätze, Geschichten, Bums, Ende aus, fertig.

Aber er will das nicht. Er kämpft dagegen an, schwitzt es aus, raucht es weg, und wenn die Sonne untergeht, schüttet er Bier und Jägermeister drauf, so viel, bis da endlich Hoffnung wächst. Es muss ja nicht seine sein. Es reicht ja auch ein Wahrnehmungsvertreter. Jemand, der für ihn die Sache mit der Hoffnung übernimmt. Da war jetzt nämlich genug Schwärze und Elend und Abgrund und all das, es reicht. Diese Geschichte endet mit Hoffnung, verdammte Scheiße nochmal, mit Hoffnung! Also. Was ist Hoffnung? Der Parkplatz? Oder nur das Wissen um den Parkplatz? Und wenn ja, wie lässt sich das auf das Gesamte übertragen? Sind Menschen, die um den Parkplatz wissen, von Grund auf hoffnungsvoller? Oder ist das wie mit dem Grinsetrick, bei dem du nur lange genug die Mundwinkel auseinanderreißen musst, und irgendwann denkt der Körper: »Okay, alles klar, ich verstehe, schütt mal Endorphine aus«? Läuft das mit der Hoffnung genauso? Und wenn ja, wie wendet man sowas an? Fährt man den ganzen Tag im Einbahnstraßenkreis und denkt: »Gleich ist da ein Parkplatz, genau vor meiner –«

Der Wecker klingelt. Sein Fokus weitet sich. Der Bildschirm, die Wände, der Raum. Er atmet tief in seinen Bauch hinein. Pustet Luft hinaus. Sein Kopf vibriert: gedanklicher Gehirn-Tinitus.

Er speichert die Textdatei, beendet das Programm, fährt den Rechner runter. Ein Blick aus dem Fenster: dunkelblau. Was für ein Tag.

Ein großes Glas Leitungswasser, eine neue Kippe, Fenster auf. Die kalte Luft verpasst ihm eine Ohrfeige. Er raucht gegen die Kälte an, schneller. Dann schnippt er die Zigarette auf die Straße, schließt das Fenster. Er zieht erst die dünne Jacke an, dann die dicke darüber, dann geht er los. Große Lust hat er keine. Aber wohin mit all der Zeit? Du kannst ja nicht immer nur schreiben.

»Der Breuer ist da!«, rufen sie und applaudieren, als sei er der neue Jörg Fauser. »Markus, Markus, Markus«, skandieren sie, immer wieder, alle drei.

Da ist Akki, dem seine hundertvierundneunzig Kilogramm Körpergewicht so viele Konturen genommen haben, dass man nicht einmal mehr sicher sagen kann, ob Akki ein Mann oder eine Frau ist. Aber so souverän wie Conor McGregor beim Sparring zuschlägt, platziert Akki seinen Arsch auf der Rückenlehne unserer Parkbank, sieben Tage die Woche.

Da ist Rainer, der sich dazu auserkoren hat, Akki immer wieder darauf aufmerksam zu machen, sich mal anständig hinzusetzen. Leute wollen noch sitzen, wo Akki seine dreckigen Füße abstellt. Und immer ist Akkis Antwort ein Grinsen, das wirkt wie ein natürliches Gegengewicht zu Rainers Spießigkeit.

Da ist Sabrina, die sich nicht stört an Schuhen oder Dreck oder manchmal auch an Hundescheiße auf der Bank. Sie macht sich eher Sorgen, was passiert, wenn die Rückenlehne Akki eines Tages nicht mehr aushält. »Wenn du unten sitzt, also hier jetzt, nicht da oben auf der Lehne«, sagt sie immer, während sie sich kratzt, am Arm, am Hals, überall und ständig, »dann sitzt du doch auf drei Balken, die verteilen dein Gewicht doch viel besser als der eine Balken da oben. Dass der dich überhaupt noch hält, ist der Wahnsinn!« Dann springt sie auf – ruckartige Regungen sind Sabrinas Art der Fortbewegung –, läuft schnurstracks bis hinunter zur Straße, gefolgt von ihren beiden heiser bellenden Jack Russell Terriern Luke und Duke, ruft: »Ich kann da gar nicht hingucken!«, läuft zurück, setzt sich wieder hin und verstummt so plötzlich, wie sie ein paar Augenblicke zuvor laut geworden war.

Wer auch immer gesagt hat, Freunde seien Familie, die man sich aussucht, der ist nicht auf dem Johannesplatz groß, oder wie in Akkis Fall dick geworden.

»Bist du weitergekommen?«, fragt Akki. Der obere Balken der Rückenlehne ist komplett unter ihm verschwunden.

Arsch frisst Bank, denkt er und legt die Formulierung hinten links in seinem Gedächtnis ab. »Ne«, sagt er dann.

»Hoffnung?«, fragt Rainer.

»Ja«, sagt er. »Immer noch.«

»Schwierig.«

Allgemeines Kopfnicken.

»Bier?«, fragt Rainer.

»Gern.«

Rainer greift eine Flasche Bier aus einer Tüte, reißt den Kronkorken mit einem Feuerzeug runter, reicht die Flasche weiter. »Danke«, sagt er.

Vor der Kneipe am Ende des Platzes stehen Männer, eingehüllt in Jacken. Rauchend starren sie in Smartphones.

»Ingo ist tot«, sagt Rainer.

»Was? Wann?«, fragt er.

»Gestern Nacht.«

»Ging schnell?«

Achselzucken. »Wer weiß das schon.«

»Wann ist die Trauerfeier?«

»Gibt's nicht.«

»Warum gibt's keine Trauerfeier?«

»Ingo wird anonym beerdigt«, sagt Akki.

»Okay. Na dann: auf Ingo.« Er hebt die Flasche. Die anderen stimmen ein. Alle trinken. Dann: »Was war sonst los?«

»Den Alexis hat's beinahe erwischt!«, ruft Sabrina.

»Schon wieder?«

»Verdammt knapp war das!« Sabrina kaut auf ihren schwarzen und roten Fingernägeln. »Der Attila ist mit dem Dönermesser hinter dem her! ›Du dumme Sau!‹, hat der geschrien, stimmt's Rainer? ›Du dumme Sau! Bleib stehen!‹«

»Was hat er angestellt?«, fragt er.

»Hat dem Attila in die Kasse gegriffen«, sagt Rainer.

»Und die Braunen?«

»Als die kamen, war die Kasse leer«, sagt Akki. Sein Grinsen endet beinahe an seinen Ohren.

»Geparkt haben die wie die ersten Menschen!«, ruft Sabrina. »Mitten auf der Straße. Kommt natürlich keiner vorbei an dem dicken Mercedes, aber nicht einer hat gehupt, nicht einer! Und dann: Türen auf, alle rein, und dann gabs Backenfutter. Das hat geknallt bis nach Konstantinopel! Eine viertel Stunde haben die auf den Attila eingewatscht, immer wieder!« Sie springt von der Bank auf, stellt sich zwei Armlängen entfernt aufrecht und schlägt in den Abend. Luke und Duke laufen bellend um sie herum, während sie immer weiter ausholt und zuschlägt, ausholt und zuschlägt. »Haben ihm erst eine Frage gestellt, und noch bevor der antworten konnte: KLATSCH! Eine halbe Stunde ging das so, mindestens!«

»Und dann?«

»Den Finger haben sie ihm gebrochen, und dann sind sie wieder gefahren. Haben noch irgendwas gebrüllt, keine Ahnung was, versteht ja keiner, die Araber.«

»Armer Attila«, sagt Rainer. Allgemeines Kopfnicken.

An der Kneipe gegenüber werden die Rollläden heruntergelassen. Menschen schlurfen in alle Richtungen davon. Einer bleibt vor der Tür stehen, schwankend, dreht sich um, schreit nach Bier. Der Wirt kommt raus, schlägt dem Schreihals ins Gesicht. Der Mann strauchelt rückwärts, kippt um, knallt mit dem Kopf ungebremst auf den Bordstein. »Autsch«, sagt Sabrina. Akki lacht leise. Die Bank unter ihm knirscht.

Aus dem Haus gegenüber kommen zwei junge Männer gerannt. Sie helfen dem Mann auf, kümmern sich. »Bier!«, schreit der Mann und packt den einen am Kragen. »Noch ein Bier!« Es klingt wie ein Wort. Nocheinbier.

Bei dem Versuch zweier nüchterner Jungs, einen betrunkenen Mann nicht zu schlagen, werfen sie ihn vor ein vorbeifahrendes Fahrrad. Der Fahrradfahrer stürzt und fällt auf seine Schulter, der Betrunkene knallt auf seinen Kopf, ungebremst, na klar. Die Jungs teilen sich auf. Der eine erhält Dank, der andere eine Faust. »Nocheinbier!« Der Junge schlägt dem betrunkenen Mann ins Gesicht. Der Fahrradfahrer mischt sich ein, dann schlägt jeder jeden, lautes Gebrüll. Fenster werden geschlossen, Fernseher lauter gestellt.

»Hast du noch ein Bier?«, fragt er.

»Klar«, sagt Rainer, greift eine Flasche aus der Tüte, reißt den Kronkorken mit einem Feuerzeug runter, reicht die Flasche weiter. »Wie war das jetzt eigentlich mit der Hoffnung?«, fragt Rainer.

»Scheiß auf die Hoffnung«, sagt er. »Ich hab Feierabend.«

Alle stoßen sie an. Auf Ingo.

## ACHIM SCHNEIDER

»Jule?«

»Was.«

»Jule Linnenberg?«

»Achim? Achim Schneider?«

»Jule Linnenberg! Mensch, ich werd verrückt, bist du das wirklich?«

»Absolut, das bin ich. Siehe er mich an und zerfalle er vor Neid.«

»Jule Linnenberg. Das Ego groß wie eh und je.«

»Achim, das Leben ist zu –«

»– kurz, um es mit Höflichkeiten zu verschwenden, ich hab's nicht vergessen. Meine Güte, wie lange ist das her?«

»Eine Ewigkeit.«

»Mindestens! Und dann siehst du auch noch aus wie früher, eine Frechheit ist das!«

»Du ja nicht so.«

»Ich weiß, ich weiß. Viel Brot, viel Pommes, viel Chips und zack ...«

»Sieht der Achim alt aus.«

»Sieht der Achim *dick* aus! Aber ja, alt auch. Mensch. Jule Linnenberg. Wie geht's dir? Und die Jule-Antwort bitte.«

»Nah am Abgrund, hart am Glas, ein Leben auf Messers Schneide, würd ich sagen.«

»Und? Fühlt sich das immer noch so gut an?«

»Ach, Achim, weißt du ... Es wird weniger mit den Jahren.«

»Wird Jule Linnenberg etwa altersmilde?«

»Ich werd wohl einfach nur alt, Achim. Einfach nur alt.«

»Ja, früher brauchten wir keine Pausen, oder?«

»Keine Pausen.«

»Und plötzlich –«

»Trinkst du ein paar Bier –«

»Ein paar Jule-Bier? Oder ein paar Bier wie der Rest der Welt?«

»Das macht keinen Unterschied mehr. So oder so, danach brauchst du ne Pause.«

»Das ist doch scheiße, oder?«

»Wem sagst du das, Achim.«

»Vergänglichkeit, ick hör dir trapsen.«

»Tja.«

»Ich hab übrigens was von dir gelesen. Also über dich. In der Zeitung stand mal ein Artikel über deinen Job beim Theater. Das große, du weißt schon. Jule Linnenberg am Staatstheater soundso.«

»Ach, hör mir auf mit dem Theater. Das hat sich angefühlt da, als wär ich das Bahnhofsklo von Diarrhö-City.«

»Jule Linnenberg, ich liebe deine Bilder.«

»Und das war noch untertrieben.«

»Was hast du angestellt beim Theater, erzähl! Hast du die Leute da bloß verrückt gemacht? Oder hast du die erst abgefüllt und dann in den Abgrund gestoßen?«

»Achim, ich stoß niemanden mehr irgendwohin.«

»Wie jetzt.«

»So was rennt dir zu lange nach.«

»Zu lange nach? Meinst du emotional jetzt, oder was?«

»Auch. Ja.«

»Das rennt der Frau Linnenberg emotional zu lange nach, ich kann ja nicht mehr!«

»Frag mich mal.«

»Und warum bist du dann geflogen? Vom Theater mein ich?«

»Ich bin gegangen.«

»Aber in der Zeitung stand –«

»Papier lügt, Achim.«

»Echt wahr?«

»Echt wahr. Papier lügt. Immer.«

»Und warum bist du gegangen? Ich mein, das sieht dir gar nicht ähnlich. Jule Linnenberg nimmt ihren Hut?«

»Vielleicht werd ich doch altersmilde.«

»Ich glaub dir kein ... Mit wessen Mann ... Siehst du, ich wusste es! Mit wessen Mann? Los, sag schon!«

»Mit dem der Intendantin.«

»Scheiß die Wand an, ich hab's gewusst! Von wegen altersmilde. Jule Linnenberg bumst sich durch die Hochkultur. Hahaha, ich kann nicht mehr. Aber was ist eine Intendantin?«

»Die Chefin vom Theater.«

»Du hast den Mann der Chefin gebumst?«

»So ähnlich.«

»Der Mann der Chefin hat dich gebumst!«

»Sagen wir, die Wahrheit liegt irgendwo dazwischen.«

»Und dann hat dich die Chefin rausgeschmissen.«

»Und was machst du so, Achim?«

»Wie?«

»Was du so machst? Was ist aus dir geworden? Was macht der neugierige kleine Achim Schneider heute? Journalist? Raketen-Wissenschaftler? Chef vom Finanzamt?«

»Fast. Ich bin Buchhalter.«

»Achim Schneider. Die Nase immer tief in den Angelegenheiten der anderen.«

»Tja, so bin ich.«

»Und für wen arbeitest du?«

»Das ... also ...«

»Doch für's Finanzamt.«

»Hahaha, nein! Ich hab zwar mal ne Ausbildung zum Steuerfachangestellten gemacht, aber näher bin ich denen ... Nein, das stimmt auch nicht. Ich bin denen schon ziemlich nah, das kann man nicht anders sagen.«

»Achim, jetzt tu nicht so geheimnisvoll, für wen arbeitest du? Mittelstand, DAX-Firma, CIA? Raus damit!«

»Ein ... Familienunternehmen.«

»Okay«

»Naja, und ... ich ...«

»Weißt du was? Ich will's gar nicht wissen.«

»Sag mal, Jule, hast du Lust auf ein Bier?«

»Klar, warum nicht.«

»Im Schalander oder auf dem Johannesplatz?«

»Johannesplatz.«

»Dacht ich mir. Komm mit, ich hol uns was am Kiosk. Was möchtest du?«

»Egal.«

»Hauptsache knallt, oder? Hahaha. Okay. Ich bring dir was mit. Augenblick, ich bin gleich wieder da, lauf ja nicht weg!«

»Jule? Ah, da bist du ja. Hier. Blond und kühl und offen, richtig?«

»Richtig. Danke.«

»Komm, setzten wir uns. Da ist noch Platz. Alles klar. Prost! Und jetzt erzähl mal. Was machst du hier? Lebst du nicht in Berlin?«

»Ich bin auf Wohnungssuche.«

»Hier? Du kommst wieder zurück?«

»Hab ich vor, ja.«

»Aber warum? Ich mein, guck dich mal um! Warum das hier gegen eine Stadt von Welt eintauschen?«

»Warst du schon mal in Berlin, Achim?«

»Na klar! Das war ... 2009 war das, glaub ich. Ja, genau. Mit Melanie war ich damals da. Erinnerst du dich noch an Melanie?«

»Melanie Agese? Mit der warst du in Berlin? Wie hast du das denn angestellt?«

»Wir waren verheiratet.«

»Melanie Agese und du? Ihr wart verheiratet? Melanie Agese war deine Ehefrau?«

»Jetzt bist du baff, oder?«

»Leck mich am Arsch, worauf du einen lassen kannst! Melanie Agese war eine Melanie Schneider. Ich kann ja nicht mehr. Und? Wie hast du's verkackt? Wo ist sie hin?«

»Sie ist tot.«

»Was?«

»Krebs.«

»Scheiße. Das tut mir leid, Achim.«

»Eine schwere Zeit war das, ich sag's dir, Jule.«

»Okay.«

»Eine lange Zeit war das vor allem. Das soll man ja nicht sagen, aber das Ende, Scheiße Jule, das Ende hat sich so lange hingezogen, das wünschst du deinem ärgsten Feind nicht. Nicht mal deiner alten Chefin würdest du das wünschen, hättest du gesehen, was ich gesehen hab. Zwei Jahre hat sie im Bett gelegen. Zwei Jahre hat dieses Pflegebett in unserem Schlafzimmer gestanden. Das Ding war groß und sperrig, und die ganze Zeit hat es geschrien: ›Ich bin der Tod! Ich bin der Tod!‹ Und Melanie ist immer dünner und leiser geworden.«

»Tut mir leid, Achim.«

»Ach, naja. War ein anderes Leben.«

»Okay.«

»Wirklich. Das war ein ganz anderes Leben. Was machst du?«

»Ich muss mir nur kurz was notieren.«

»Okay.«

»Fertig. Entschuldige. Ein ganz anderes Leben, sagtest du.«

»Jule, das Leben nach Melanies Tod war, als würdest du plötzlich ... Ich weiß auch nicht.«

»Eines Morgens in Nordkorea aufwachen?«

»Genau. So hat sich das angefühlt. Gerade noch in San Francisco besoffen auf die Golden Gate Bridge gekotzt, und plötzlich wirst du wach in Nordkorea. Erst ist Melanie gestorben, dann hat mich der Klöpper rausgeworfen, und dann ... Naja. Prost.«

»Prost.«

»Auf jeden Fall waren wir in Berlin, Melanie und ich. Und Jule, das war wunderschön da. Alles war so weit und offen und hell. Und hier? Ich mein, guck dich doch mal um. Die Straßen sind eng, und es ist immer dunkel. Die Sonne schafft das hier nirgends bis auf den Boden. Und die Häuser kommen auf dich zu, richtig auf dich zu, jeden Tag ein kleines Stückchen näher, und irgendwann wachst du auf und kriegst keine Luft mehr. Warum willst du hierhin zurück?«

»Weißt du, Achim, der Arsch des Nachbarn ist nur so lange schöner, wie du den nicht in Händen hältst.«

»Wie jetzt.«

»Wenn du da einmal zupackst. Am Arsch des Nachbarn. Richtig feste zupackst. Dann merkst du, dass der sich viel labbriger anfühlt, als der ausgesehen hat. Lach nicht, ich mein das ernst. Und wenn du den dann länger hältst, den Arsch, dann fallen dir Dinge auf. Dinge, die du vorher, so auf die Distanz, nicht gesehen hast. Die kleinen schrumpeligen Warzen zum Beispiel. Oder die borstigen schwarzen Haare, die aus der Haut sprießen. Und wirklich knackig hat der auch nur in dieser einen Hose ausgesehen. Aber in allen anderen ist der bloß ein wabbliger und nach Abfall und Elend stinkender Arsch mit sehr sehr vielen Jahren in den Poren. Verstehst du, was ich meine?«

»Und Berlin ist der wabblige Arsch?«

»Von wegen. Berlin ist das, was übrig bleibt, wenn der wabblige Arsch zweihundert Jahre lang zwischen deinen Fingern vor sich hin fault. Vorsicht! Die Hose!«

»Scheiße, was für ein Bild, ich kann nicht mehr, entschuldige.«

»Nicht so schlimm.«

»Ist mir das Bier im Hals stecken geblieben.«

»Schon okay.«

»Tut mir echt leid.«

»Ist nicht so schlimm, Achim. Wirklich. Ist bloß ne Hose. Ich hab noch so eine.«

»Okay. Und jetzt also wieder –«

»Was ... Scheiße! Achim? Achim! Achim, kannst du mich hören, Achim! Was ... ich ... Hilfe! Ich brauch Hilfe, Scheiße, Hilfe! Einen Arzt! Ruft einen Arzt! Ruf doch einer einen scheiß Krankenwagen! Was glotzt ihr so, ruft einen scheiß Arzt! Und haltet den Jungen fest, Scheiße, Achim! Sag was! Achim!«

## DER JUNGE AUF DEM FAHRRAD

Sie hatten ihm so oft gesagt, dass er die Waffe fallen lassen soll, wenn es vorbei ist – fallen lassen, fallen lassen, fallen lassen –, dass er irgendwann aufgehört hatte zuzuhören. Die Pistole weg, ich weiß, ich bin kein Kind mehr. Und als er das zu dem einen gesagt hatte, hatte der ihm eine gescheuert. Nicht so mit der flachen Hand, das war eine richtige Faust gewesen, die ihn da von den Beinen geholt hatte. Alle vier Finger geballt und vom Daumen umschlossen: *Kabumm.* Und er war noch nicht ganz mit dem Gesicht vor die Wand geknallt, da flog der eine, der mit der Faust, der flog in einem so hohen Bogen über den Stuhl drüber, auf dem der vorher gesessen hatte, dass er selber beinahe gelacht hätte, wär er nicht so geschockt gewesen.

Der Chef von dem mit der Faust, der war dann zu ihm gekommen und hatte sich entschuldigt. Das tut mir sehr leid, so was machen wir nicht, früher nicht, heute nicht und auch nie wieder, versprochen. Der mit der Faust, der war dann wieder aufgestanden und hatte auf den Boden gesehen. Und dann hatte der Chef gesagt, dass man sich seine Mitarbeiter nicht immer aussuchen kann. Was total komisch ist, weil warum ist man denn dann der Chef?

Aber das mit der Waffe, hatte der Chef gesagt, das mit der Waffe, das sei in der Tat sehr wichtig. Ob er das auch wirklich verstanden habe. Ja, hatte er. Hinfahren, schießen, Pistole fallen lassen, wegfahren. Kinderspiel.

Okay, hatte der Chef von dem mit der Faust gesagt, okay.

Und jetzt fuhr er über den Johannesplatz, fuhr, so schnell er nur konnte, die Pistole noch immer in der Hand. Er hatte das nicht vergessen – hinfahren, schießen, Pistole fallen lassen, wegfahren –, und er hatte auch alles so gemacht, wie sie gesagt hatten, nur das mit dem Fallenlassen, das hatte einfach nicht geklappt.

Der Mann war nach hinten hin weggeflogen. Der Kopf. In der einen Sekunde hatte der noch mit der Frau gesprochen, und in der anderen war er still gewesen, richtig still, so still wie ein Fernseher ohne Strom. Dann war er losgefahren. War losgefahren, so schnell er nur konnte.

Der mit der Faust, der sagte nichts, als er im Café ankam und die Pistole noch in der Hand hielt. Und der Chef von dem mit der Faust, der fragte ihn nur, ob er die Waffe die ganze Zeit in der Hand gehalten hatte, als er zu ihnen gefahren sei.

Ja.

Okay, sagte der Chef, okay, das ist nicht schlimm. Und er hatte ihn gar nicht gefragt, ob er den Rest richtig gemacht hatte, denn das hatte er. Aber der Chef wusste natürlich schon längst, dass sein Buchhalter nirgendwo mehr ungefragt hineingreifen würde, schließlich war er der Chef. Und erst viel später, wenn der Chef herausbekommen würde, dass der tote Buchhalter nicht einen einzigen veruntreuten Cent ausgegeben hatte. Wenn der neue Buchhalter ihm sagen würde, wie offensichtlich und plump der alte Buchhalter das Geld abgezweigt hatte – handwerklich waren das Legionen von Jericho-Trompeten gewesen –, erst da würde sich der Chef fragen, ob sein alter Buchhalter das vielleicht absichtlich getan hatte. Ein bisschen lebensmüde war der ihm schon von Anfang an vorgekommen. Wobei lebensmüde nicht das richtige Wort war, eher wirkte er wie jemand, dem alles am Arsch vorbeiging, versteckt hinter einem Schutzwall aus Fröhlichkeit. Aber diese Fröhlichkeit, die hatte der Chef gleich erkannt, denn sie war der Empathie sehr ähnlich, die er manchmal vor sich selbst her trug. Eine Empathie wie die, die er gerade dem Jungen entgegenbrachte, der da auf seinem Fahrrad sitzend zitterte wie ein Bergsteiger im T-Shirt auf dem Gipfel des Elbrus, und der dabei noch immer die Waffe in der Hand hielt. Und er selber stand da, lächelte und sagte dem Jungen, dass das nicht schlimm sei, das mit der Waffe. Dass er sie ihm nur geben müsse, dass er sich darum kümmern würde. Und als der Junge ihm die Waffe gab, da kümmerte er sich auch, aber ganz anders, als der mit der Faust das erwartet hätte. Der nämlich hatte gedacht, dass er den Jungen mitsamt seinem Fahrrad noch in der Nacht von der großen Brücke in den Fluss werfen würde. Niemals wäre der mit der Faust auf den Gedanken gekommen, dass er selbst es wäre, der über das Geländer der Brücke hinweg und in den Fluss hineinklatschen würde. Denn trotz all der gespielten Empathie hatte der Chef nichts übrig für Leute, die Kinder schlugen. Und schon gar nicht für Leute, die Kinder nachts über das Geländer von Brücken in Flüsse warfen.

Ein Mann mit Bart und Akzent lud das Fahrrad des Jungen in den Kofferraum eines dunklen Mercedes. Und so sehr sich der Junge auch weigerte, er kam nicht umhin, sich auf der Rückbank in den Kindersitz zu setzen. Für Jungs in seinem Alter sei das nun mal Gesetz, sagte der Chef, und an Gesetze müsse man sich halten. Wenn jeder machen würde, was er will, wo kämen wir denn da hin? Das verstand der Junge, trotzdem setzte er sich nur widerwillig auf den roten Plastikschalensitz. Er hatte einen Job gemacht, einen Job für Erwachsene, und bis auf die Sache mit der Pistole hatte er ihn sehr gut gemacht, der Mann war still. Er hatte den Mann zum Schweigen gebracht. Hatte mit der Pistole auf ihn geschossen. Er hatte mit der Pistole auf den Kopf geschossen und der Kopf war nach hinten hin weggeflogen. Wie in einem Actionfilm, nur schneller. Und jetzt saß er in einem Kindersitz, das war doch nicht fair. Das war doch scheiße. Und auch, dass der Mercedes vier Auspuffrohre hatte und sehr sehr laut war, machte die Sache nicht besser. Und erst als der Mann mit Bart und Akzent auf der Autobahn so hart aufs Gas trat, dass die Autos auf der rechten Seite vorbeiflogen, als fuhren die rückwärts, erst da bekamen die so lange nach unten hin gezogenen Mundwinkel Auftrieb. Dann tippte der Mann mit Bart und Akzent auf den Bildschirm in der Mittelkonsole, und beide hörten sie ...

## DIE FRAU IM RADIO

Das Schlimmste waren die Anrufer. Die kamen noch vor den Künstler*innen-Interviews, und nach denen fühlte sie sich schon immer wie eine benutzte Kotztüte. Egal welche Fragen du stelltest, die Antworten waren immer gleich: ich ich ich.

Früher hatte das mal Spaß gemacht. Da warst du als Moderator*in noch was Wert gewesen. Die Menschen wurden vom Radio geweckt. Seichte Songs, nicht zu aufdringlich, aber auch nicht bedeutungslos. Dazwischen ein paar flotte Sprüche, witzige Anekdoten, irgendwas, das der aufstehenden Person ein Schmunzeln abringt, bevor er oder sie die Decke zurückschlägt, sich hinsetzt, sich mit der Hand durch das Gesicht reibt, aufsteht, ins Bad geht und später dann zur Arbeit fährt. Heute werden sie alle von ihren digitalen Helfern geweckt. Siri, Alexa oder einfach nur ein nerviges Piepsen reißt sie aus dem Schlaf und stopft sie zu all den anderen überfüllten Leben.

Und dann wundern sich die Leute, wo die ganze Wut herkommt.

Manchmal, wenn sie Max über den Flur laufen sah, tat er ihr fast leid. Max moderiert das Politik-Format. Und im Gegensatz zu früher können heute all die aus dem Schlaf gerissenen Leute anrufen und ihren Senf dazugeben. So als würdest du bei laufendem WM-Finale das offene Mikrofon live durch deutsche Wohnzimmer reichen.

Als der Programmchef damals angefangen hatte, die Sendungen für Anrufer*innen aufzumachen, da hatte es noch geheißen: »Wir sind die Nulllinie. Meinungen mit Ausschlägen sind erwünscht, natürlich, wir sind ja keine Diktatur«, hatte er gesagt. »Aber es liegt in eurer Verantwortung, dass hier keine Vollidioten die Formate übernehmen und als private Bühne missbrauchen.«

Zwei Monate hatte diese Agenda gehalten. Dann hatte sich alles hochgeschraubt; an nur einem einzigen Tag. Morning-Show am Montagmorgen. Offene Frage an die Zuhörer*innen, welche Version von »How deep is your love« die bessere ist. Die der Bee Gees, oder doch die von Take That.

Die erste Anruferin hielt sich noch zurück. Nicht weil sie mehr Anstand hatte, sie war nur die Erste. Die Aktion. Zusammenfassend sagte sie so was wie: Take That, beste Band, Mark Owen der süßeste Boy jenseits des Ärmelkanals und »How deep is your love« *das* Lied ihrer Jugend, darum ganz klar Take That.

Danach der Konteranruf. Alter Mann. Natürlich. Die Vorauswahl hatte sehr schnell verstanden, wie der Hase lief: Bee Gees beste Band der Welt, nach den Eagles.

Überhaupt waren die 70er musikalisch allem überlegen, danach nur noch Retorten-Verwertung, Cover um Cover um Cover, eines schrecklicher als das andere und Take That die Krönung allen Übels, schlimmer noch als Schlager, zusammengecastete Boygroups, darauf abgerichtet, den kleinen Mädchen das Geld aus der Tasche zu ziehen, sitz, Platz, aus, so ist's brav.

Auch heute noch kann niemand mit Bestimmtheit sagen, ob es nicht vielleicht doch an der Flut von Anrufen lag, die dann über den Sender hereinbrachen, aber für sie spielte das keine Rolle. Sie war einfach nur dankbar, als nach sechs weiteren als Meinung getarnten Wutausbrüchen das Pult herunterfuhr. Innerhalb weniger Sekunden schaltete sich alles aus, was zu blinken imstande war. Von links nach rechts, von oben nach unten. Sie hob die Arme, warf sich zurück in ihren Stuhl und starrte auf das kleine rote Licht an ihrem Mikrofon.

Für Fälle wie diesen gibt es ein Notband. Wenn im Radio länger als zehn Sekunden nichts passiert, schaltet sich das Band ein und spielt Retortenmusik. Eigentlich ändert sich nichts, nur bleiben die Moderator*innen ausgeschlossen.

Sie atmete tief ein, zählte im Kopf runter. Zehn. Neun. Acht. Sieben. Sechs ...

Die Lüfter des Pults wurden langsamer, leiser, still. Die Musik war aus. Alles war aus. Nur das kleine rote Licht an ihrem Mikrofon brannte noch immer; sie war on air.

»Sooo«, sagte sie. Der Raum schluckte den Hall des langgezogenen Os. »Ihr könnt das jetzt nicht sehen, aber gerade ist mein Pult ausgegangen.« Durch die Glasscheiben sah sie zu ihren Kolleg*innen. Zu Vivien, die mit dem

Handy am Ohr auf und ab lief. Zu Marc, der durch das Glas hindurch Fotos von ihr machte. Zu Claudia, die ihr mit ihren Kreise ziehenden Zeigefingern mitteilte, dass sie weiterreden sollte, auf jeden Fall weiterreden. »Und ich höre gerade von unserer Technik«, sagte sie und sah auf eine nickende Claudia, »dass es wohl noch ein bisschen dauert, bis das Problem wieder behoben ist. Das bedeutet«, Claudia lächelte ihr zu, »dass wir die nächsten Minuten ganz unter uns sein werden.« Claudia formte einen Kreis aus Daumen und Zeigefinger, drehte sich um und ging.

Sie überlegte, was zu sagen wäre. Dachte an die guten alten Zeiten. An nicht zu aufdringlich, nicht zu bedeutungslos. Sie dachte an all die Menschen, die früher mit ihnen aufgestanden waren. Dachte daran, wie sie vornübergebeugt und mit geschlossenen Augen auf ihren Toiletten hockten. Wie sie Rasiercreme in ihre Gesichter pinselten. Schäumende Zahnbürsten durch ihre Münder schoben. Dann dachte sie daran, dass all das Geschichte war und es jetzt so aussah, dass Menschen mit gerissenen Geduldsfäden an ihren Handys hantierten und laut schimpften, warum die Scheiße nicht einfach tat, was sie sollte. Dann hörte sie auf zu denken. Sie stand auf, ging zur Tür, schloss ab und setzte sich wieder vor das rote Licht.

»Okay«, sagte sie. »Liebe Leute, lasst mich die Zeit nutzen, und euch eine Geschichte erzählen. Ein Märchen, wenn ihr so wollt.

Es war einmal vor langer langer Zeit, gar nicht so weit entfernt, eine junge Frau, beinahe noch ein Mädchen, die machte ein Volontariat bei einem Radiosender. Sie wurde einem Team zugeteilt und zusammen erarbeiteten sie

Inhalte. Und die wichtigste Frage war stets: Wie bereiten wir für die Zuhörer*innen informative und relevante Inhalte so auf, dass die sie auch verarbeiten können? Wobei informativ und relevant zwei verschiedene paar Schuhe sind, auch das lernte das Mädchen.

Sie recherchierte zu den verschiedensten Themen und lernte so das journalistische Grundhandwerk: Beschaffung von Informationen. Von verifizierten Informationen.

Für die unter euch, die jetzt nicht wissen, was ›verifiziert‹ bedeutet: verifiziert ist, wenn man sich Informationen von woanders als der ersten Google-Suchergebnis-Seite holt und sich die dann von zweiter Stelle bestätigen lässt. Diese Information hat einen wesentlich höheren Wert als eine nicht-verifizierte Information. Und diese Arbeit, diese Beschaffung von Informationen, ist so was wie Hammer und Meißel des Journalismus. Ohne das bist du nur irgendwer mit einem Presseausweis.«

Vivien, Claudia, Marc, alle hatten sie ihre Arbeit unterbrochen, standen wieder vor dem Studio, starrten durch die Glasscheiben hindurch und schüttelten die Köpfe.

»Und dieses Mädchen«, erzählte sie weiter, »war sehr fleißig. Sie lernte viel, sie arbeitete viel und war sich für nichts zu schade.

Ein paar Jahre später dann, als sich im Sender herumgesprochen hatte, was für eine fleißige und manchmal auch sture Mitarbeiterin sie geworden war, da bekam sie – nicht wegen, sondern *trotz* ihres Geschlechts – ein eigenes Team. Und weil sie es nun mal so gewohnt war, arbeitete sie im gleichen Tempo und mit dem gleichen Fokus und mit der gleichen Energie an den Themen wie zuvor. Nur, dass sie jetzt auch moderierte. Und sie hatte Spaß daran, großen Spaß. Jeden Tag sehnte sie sich nach der Zeit vor dem Mikrofon. Freute sich auf den Augenblick, da das rote Licht über dem Mikro aufging und die Tür öffnete zu einer Zuhörerschaft, die neugierig war, die dankbar war.

Dann jedoch, eines schönen Tages, trat Gandalf der Graue in den Sender. Er sagte dem Mädchen, aus dem inzwischen eine Frau geworden war, dass die Zeiten sich geändert hätten. ›Die Zeiten haben sich geändert‹, sagte Gandalf der Graue. Und natürlich hatte die junge Frau das mitbekommen, schließlich war sie Journalistin.« Claudia klopfte gegen die Tür. Sie ignorierte Claudia, erzählte weiter: »Und mit Gandalf dem Grauen schlichen sich viele Änderungen ein. Neue Aufgaben, neue Zuständigkeiten, neue Vertrauenspersonen, das Personal-Karussell hatte sich in Bewegung gesetzt. Aber Gandalf der Graue sagte, dass das noch lange nicht alles wäre. ›Die Zeit ist reif‹, rief er, ›für ein demokratisches Radio!‹ Und die junge Frau dachte: Hey! Demokratie! Das ist doch was Gutes, das klingt toll, werden wir ein demokratisches Radio!«

Viviens Lippen formten ein »Nein« in Endlosschleife, während Marc die Kamera seines Handys gegen die Glastür gedrückt hielt und grinste, als habe ihm der Teufel etwas in die Seele geflüstert.

»Aber alles, was Gandalf der Graue in Wirklichkeit wollte«, fuhr sie fort, »war: Radiospots verkaufen. Und je mehr Zuhörer*innen ein Radiosender hatte, desto teurer ließen sich die Spots verkaufen. Und in Zeiten des Internets, sagte Gandalf der Graue«, ihre Stimme kippte in brummende Tiefen, »›In Zeiten des Internets haben sich die Hörgewohnheiten der Menschen grundlegend geändert. Sie wollen weniger Informationen, dafür mehr

Gedudel. Und sie wollen mitdiskutieren. Immer wollen sie mitdiskutieren.‹« Ihre Stimme kam wieder hoch, klopfte sich ab und streckte den Rücken durch. »Wie schön, dachte die junge Frau. Diskussionen sind ein Stützpfeiler der Demokratie. Werden wir ein demokratisches Radio, in dem Diskussionen mit und zwischen den Zuhörer*innen stattfinden. Was für eine tolle Entwicklung, und ich bin mittendrin.‹ Claudia hatte aufgehört zu klopfen. Stattdessen rüttelte sie am Türgriff. »Was am Ende dann aus der Idee von Gandalf dem Grauen geworden ist, das habt ihr gerade alle mitbekommen. Es geht nicht mehr um Austausch oder um Diskurs oder um, Gott bewahre, ein demokratisches Radio. Es geht nur noch um die Frage, wie sich das Aggressionspotenzial der Zuhörer*innen, euer Aggressionspotenzial, so in die Höhe schrauben lässt, dass ihr zum Hörer greift, anruft und eure Meinung in den Äther pustet. Was dann wiederum irgendwen anders dazu anregen wird, hier anzurufen und die vorherigen Hörer*innen zu beschimpfen. Was wiederum die Zuhörer*innenzahl hoch genug schraubt, um die Radiospots für ein paar Euro mehr zu verkaufen.« Sie atmete tief ein und aus, ignorierte das Klopfen an der Tür und das Klackern der Klinke. »Aber liebe Leute. Wir beide, ihr und ich. Wir sind nicht die Einzigen, die in die Falle Gandalfs des Grauen getappt sind. Wo das Volontariat zum Beispiel einmal auch daraus bestanden hat zu lernen, wie man verifizierte Informationen beschafft, investiert man heute den Großteil der Ausbildungszeit in die Pflege der Social-Media-Kanäle. Weil die *jungen Leute* natürlich alle *Digital Natives* sind.« Der Krach an der Tür ließ plötzlich nach. Claudia und Vivian und Marc sahen den Flur hinunter. »Aber wer braucht schon verifizierte

Informationen, wenn man sich auch einfach stundenlang dem neusten TikTok-Hype hingeben kann?« Sie lachte kurz auf, sah zu ihren Kolleg*innen. Dann erkannte sie, auf wen Claudia und Vivien und Marc sahen. »Liebe Leute, wir haben hohen Besuch. Der Mann der Männer, der Erfinder des Patriarchats, Misogyn-Man, meine Damen und Herren, heißt mit mir herzlich willkommen: Gandalf den Grauen.« Sie klatschte einen so zynischen Applaus, dass selbst Dr. House den Hut gezogen hätte. »Meine lieben Freund*innen, irgendetwas sagt mir, dass das hier mein Finale Furioso wird.« Der Programmchef hielt einen Bund mit unzähligen Schlüsseln in der Hand. Einen nach dem anderen versuchte er in den Zylinder hineinzuschieben. »Darum möchte ich euch noch schnell Folgendes mit auf den Weg geben: Behaltet eure Meinungen für euch. Oder zumindest in eurem engsten Kreis. Unsere grenzenlose Welt ist nicht dafür gemacht, dass jeder seine Sicht auf die Dinge rausposaunen kann, wie es ihm gefällt. Irgendwem trittst du nämlich immer auf die Füße.« Sie sah zur Tür, lächelte. »Gandalf der Graue, zum Beispiel. Der fand das überhaupt nicht informativ, dass ich euch von ihm erzählt habe. Darum steht er jetzt vor der Tür und sucht den passenden Schlüssel. Was Gandalf der Graue allerdings nicht weiß, ist, dass der Schlüssel von innen steckt.« Sie lachte kurz auf. Dann sprach sie weiter. »Und wo wir hier gerade schon so nett beieinander sind, lieber Gandalf, siehst du das hier?« Sie stand auf, streckte ihre beiden Mittelfinger in die Luft. »Ihr könnt das jetzt nicht sehen«, rief sie über das Mikrofon hinweg, »darum erkläre ich euch kurz, was hier gerade passiert ist. Gandalf der Graue sieht sich soeben mit der Rache der –«

Dann erlosch das Licht über ihrem Mikrofon.

Trotz der Geschwindigkeit, mit der der Mann mit Bart und Akzent den Mercedes über die immer holpriger werdenden Straßen trieb und nur zum Tanken und Rauchen anhielt, dauerte es beinahe zwei Tage, bis sie den alten Bauernhof erreichten. Aber als seine Mutter aus der Scheune kam – gerannt kam sie, so schnell, dass sie kurz hinfiel, sich aufrappelte und gleich weiterlief –, da war nicht nur die lange Fahrt vergessen. Fast drei Monate war er weg gewesen. Ihr einziger Junge, ihr einziges Kind. Noch nie war sie getrennt gewesen von ihrem Sohn, und dann gleich drei Monate. Drei endlos lange Monate. Wie groß er geworden sei, sagte sie, nachdem sie ihn so fest an sich gedrückt hatte, dass er beinahe keine Luft mehr bekam. So groß wie man in drei Monaten nur werden kann. Sie sah ihn an und drehte ihn hin und her, so wie man einen gebrauchten Topf hin und her drehte, wenn man überprüfte, ob er das Geld noch Wert sei, dass dafür verlangt wurde. Ganz abgemagert sei er, sagte sie, ganz dünne Bäckchen habe er bekommen.

Der Hase, den die Mutter schlachtete, schmeckte dem Mann mit Bart sehr gut. Und sie verstand nicht, warum der Junge nichts davon anrührte. Und weil der Junge nicht wusste, wie er der Mutter erklären sollte, was ein Pom-Döner mit allen Soßen war, hielt er lieber den Mund und kaute weiter Brot.

Ganz dünn sei er geworden, sagte die Mutter zu dem Mann mit Bart, ganz dünn und schmächtig. Es tue ihm leid, sagte der Mann mit Bart und jetzt ohne Akzent. Und zusammen mit dem Hasen schluckte er die Bemerkung hinunter, dass selbst ein Mann mit grauem Star sehen konnte, dass das so nicht stimmte. Der Junge nämlich hatte keine dünnen Bäckchen, Scheiße nein, dick war der geworden. So dick, wie man in drei Monaten nur werden kann. Das zu übersehen brauchte es schon sehr viel Mutterliebe. Oder sehr wenig.

Der Mann mit Bart und jetzt ohne Akzent aß den bäuerlichen Dreiklang, als wäre der eine Henkersmahlzeit. Und als er den letzten Teller zurück auf den Tisch stellte, leer, bedankte er sich so überschwänglich, dass es der Mutter unangenehm wurde und sie an ihrem Kopftuch zupfte. Das Essen war sehr lecker, das beste, das ich seit langer Zeit gegessen habe. Danke. Bitte. Er stand auf, legte einen Umschlag auf den Tisch und ein Bündel Scheine oben drauf.

Ob er denn auch gut geholfen habe, fragte sie. Sehr, sagte der Mann mit Bart und jetzt ohne Akzent, sehr. Gearbeitet hat er wie ein Erwachsener. Bei der Lösung der größten Probleme geholfen hat er. Und als er aus dem Haus hinaus und zu seinem Mercedes ging, da strahlte ihr der Stolz auf den Sohn so hell über ihre Bäuerlichkeit hinweg, dass er kurz darüber nachdachte, noch etwas länger zu bleiben.

Dann stieg er in den Wagen und fuhr los.

# DREI

»Siebenundzwanzig! Hör auf damit, das kann sich ja keiner ansehen. Ich hab gesagt, hör auf! Verdammt noch mal. Gleich hast du keine Power mehr und dann kriegst du von Acht eine auf den Kopf. Und wenn Acht zuschlägt, muss ich am Ende den Krankenwagen rufen. Also hör auf damit. Ist ja furchtbar.«

Es gibt hier zwei Arten von Jungs. Die einen boxen, um cool zu sein, die anderen um klarzukommen. Siebenundzwanzig steht im Ring, um cool zu sein. Das hatte er zumindest vor. Bis Acht ihm gezeigt hat, wo die Coolen hier landen: auf den Brettern nämlich.

»Scheiße«, sagt Siebenundzwanzig nicht mehr stehend. Er rappelt sich auf, schwankt, hält sich an den Seilen fest.

»Alles klar«, sage ich, »fluchen kannst du. Ist dein Kiefer noch heil, schön für dich. Aber was das mit dem Scheiße angeht.«

»Ach, komm schon«, stöhnt Sieben.

»Blöder ...«, flucht Dreizehn.

Ich greife die Trillerpfeife, die an einer Kordel um meinen Hals hängt, puste hinein. Lautes Stöhnen.

»Meine Herren, die nächsten fünfzig Liegestütze werden Ihnen präsentiert von Siebenundzwanzig! Das ist der junge Mann hier mit dem glasigen Blick.« Ein Raunen wabert durch das Studio. Ich klatsche in die Hände. »Auf geht's! Alle in Position, du auch Siebenundzwanzig. Das Blut kannst du dir später abwischen.«

Alle gehen in Ausgangsstellung. Hände und Füße auf den Boden. Arme und Beine gestreckt. Ich sehe mich um. Niemand steht mehr. Niemand stöhnt mehr. Alle Blicke auf das Linoleum.

Boxsäcke pendeln aus. Die Luft so dick und heiß wie nach einem Aufguss. Nur dass hier noch nie jemand eine Sauna von innen gesehen hat. Und wenn nicht ein Wunder geschieht, würde das auch so bleiben. Und mit Wunder mein ich, dass irgendwer hier drin der nächste Pablo Escobar wird. Oder der nächste Mike Tyson. Keine Ahnung, was unwahrscheinlicher ist. Möglich ist beides.

Ausnahmslos alle Jungs hier sind bei Leuten aufgewachsen, die so viel Ahnung von Erziehung haben wie von einem Leben ohne ihre scheiß Handys. Den ganzen Tag lang starren die auf diese Dinger. So als wär mit der Geburt alles gesagt. Atmen, pressen, Nabelschnur durchschneiden. Und jetzt schrei nicht so rum, ich hab die Reihe Himbeeren hier gleich voll.

Der einfachste Weg, Erwachsene aus meinem Studio fernzuhalten, ist der, ihnen zu sagen, dass das Handyverbot auch für sie gilt. Dann fluchen sie und schimpfen und benehmen sich, wie sich Süchtige halt benehmen. Aber am Ende hab ich meine Ruhe.

Allerdings, und das ist auch Teil der Wahrheit, ist es nicht so, dass mir irgendwelche Eltern hier das Studio einrennen. Und wenn doch, dann nur um einen der Jungs anzuschreien. Wegen schlechter Briefe, schlechter Noten, oder irgendwas anderem, das ihnen nicht passt. Meistens sind das Dinge, die sie früher selber verkackt haben. Von denen sie heute aber erwarten, dass ihre Kinder das hinkriegen, alleine durch die Kraft aggressiven Anbrüllens.

Und die Kinder, die versuchen das dann natürlich zu erfüllen, klar, was willst du auch sonst machen. Kannst ja nicht den ganzen Tag immer nur dagegen sein. Und der Frust, der entsteht, wenn die Jungs merken, dass sie an den Erwartungen ihrer Eltern scheitern werden, scheitern müssen, der wird direkt weitergereicht. An irgendwas, das anders ist. Andere Haare, andere Schuhe, anderer Glaube, anderer Musikgeschmack, scheißegal, anders gewinnt. Und der Preis ist eine Abreibung, so vollgesogen vom Erwartungsdruck der Eltern, dass die Prügel auf der Metaebene zwanzigmal so wehtut, wie der Fuß in deinen Eiern.

Und die mit dem größten Druck und den härtesten Schwingern, die landen dann bei mir. Ehemalige Jugendknackis, aktuelle Jugendknackis, Jugendknackis in spe, vernachlässigte Jugendliche, die nicht wissen, wie man Knackis schreibt, alle landen sie entweder hier im Ring oder im Anti-Aggressions-Training. So oder so, sie landen bei mir.

Und bitte komm mir jetzt nicht mit: »Es gibt keine Alleinschuld, es sind nie immer nur die Eltern, bei dem einen ist das so, bei dem anderen so, und am Ende ist der Mensch ja auch ein Individuum.« Wer mir damit kommt, den jag ich aus dem Studio, vom Hof, zum Teufel. Die Eltern sind Schuld. Immer. Die Umstände können schwierig sein, und aus Scheiße lässt sich kein Gold gießen, ja, aber du kannst deinen Kindern trotzdem was mitgeben. Respekt, Courage, Mitgefühl. Das sind universelle Dinge. Aber wenn du den ganzen Tag damit beschäftigt bist, deine Kinder zu ignorieren und auf dein scheiß Handy zu starren, was glaubst du, gibst du denen dann mit, hm? Soll ich's dir sagen? Wut gibst du denen mit,

Wut. Und deine Leck-mich-am-Arsch-Haltung deinen Kindern gegenüber, die drückt die Wut dann noch richtig schön tief da rein. In das Fleisch, in die Seele. Und wenn dieser Wut-Ballon dann irgendwann platzt. Dann ist alles vorbei. Erst landen sie beim Schuldirektor, dann auf dem Johannesplatz, dann im Knast.

Das Tempo variiert. Die Stationen nicht.

Ich hatte mal eine Diskussion mit einem Jugendrichter. Der war der Meinung, dass die Jungs viel früher in den Knast müssten. Er glaubt, dass, wenn man sie einsperrt, wenn man ihnen zeigt, wie sich das anfühlt, nicht frei zu sein, dass sie sich dann beim nächsten Mal gut überlegen, ob sie diesem Typen da jetzt den Feuerlöscher über den Schädel ziehen oder nicht. Aber aktives Nicht-geliebt-Werden ist als Gefühl um so viele Stufen schlimmer als das Gefühl, eingesperrt zu sein. Der Richter hat das nicht verstanden.

Darum bin ich hier. Darum tu ich alles, was ich kann, geb alles, was ich hab, um die Jungs hier aus dem Sumpf zu ziehen, alles. So viel, bis ich selbst darin lande, im Sumpf, tief, bis zur Unterlippe, immer wieder und wieder, und dann versack ich, versink ich, ersauf ich; so wie bei Samuel.

Und damit mir so was wie mit Samuel nicht mehr passiert, nie wieder, darum gibt es bei mir keine Namen mehr. Nur Nummern, Boxhandschuhe, einen Ring, Regeln und die Hoffnung, dass irgendwer, irgendeine Nummer, sich nicht noch tiefer in die Scheiße strampelt. Oft ist das schwierig, manchmal unmöglich, aber jetzt gerade hängen siebenundzwanzig Jungs in Liegestütz-Ausgangsstellung über dem Linoleum meines Studios und warten auf die Pfeife.

Dann plötzlich steht einer auf. Es ist Acht.

»Was wird das?«, frage ich.

Acht sieht mich an. »In ner viertel Stunde ist Einschluss. Wenn ich zu spät komm, darf ich nicht mehr raus.«

»Wenn du nicht sofort wieder runtergehst, wirst du dir wünschen, dass sie dich nie wieder rauslassen.«

»Runter«, zischt Zwölf. Acht geht wieder runter. Ich warte ein paar Sekunden, dann puste ich in die Pfeife.

Als alle fertig sind, stehen sie auf, sehen mich an. »Alles klar«, sage ich, »Weitermachen. Und Acht?« Acht schwitzt. Atmet schwer. »Beeil dich, nicht dass du zu spät kommst.«

Acht rennt in die Umkleide. Ich drehe mich zu Siebenundzwanzig in den Ring. »Und für dich noch mal zum Mitschreiben. Regel Nummer eins: Du machst, was ich sage, wenn ich es sage.« Siebenundzwanzig steht reglos da und sieht mich an. Ich kann nicht einschätzen, ob meine Autorität wirkt, oder noch der Haken von Acht. »Wie viel sind sieben mal sechs?«, frage ich.

»Was?«

»Sieben mal sechs, wie viel sind sieben mal sechs?«

»Was? Warum –«

»Regel Nummer eins!« Er beißt sich auf die Unterlippe. »Zweiundvierzig«, sagt er schließlich.

»Okay. Also. Was ich sage, wenn ich es sage. Wenn ich dir sage, mach langsam, dann machst du langsam, und zwar sofort. Wenn ich dir sage Stopp, dann stoppst du, und zwar sofort. Hältst du dich nicht an Regel Nummer eins, tritt Regel Nummer zwei in Kraft.«

»Regel Nummer zwei?«, fragt er.

»Drei«, rufe ich durch das Studio.

»Ja, Trainer?«, ruft Drei von irgendwo.

»Regel Nummer zwei!«, rufe ich.

»Wer sich nicht an die Regeln hält, der fliegt!«, ruft Drei.

»Wer sich nicht an die Regeln hält«, wiederhole ich, »der fliegt. Es gibt keine Ermahnungen, kein ›noch einmal‹, nichts davon. Wenn du dich nicht an die Regeln hältst, landest du da, wo du herkommst. Ob das der Knast ist oder der Johannesplatz oder das Wettbüro oder was weiß ich, aus welchen Ecken ihr heute so kriecht, ist mir egal. Wichtig ist, dass ihr dann nicht mehr hier seid. Verstanden?« Er nickt. »Also. Du bleibst stehen. Drei!«

»Ja?«

»Komm mal her.« Drei kommt. Ich werfe ihm Boxhandschuhe zu. »Hoch mit dir.«

»Kopfschutz?«, fragt Drei.

»Brauchst du nicht.« Siebenundzwanzig grinst, nimmt die Fäuste hoch. »Die Deckung runter«, sage ich, während Drei in den Ring steigt.

»Wa ...« Siebenundzwanzig verschluckt den Rest.

»Du pendelst«, sage ich zu Siebenundzwanzig. »Dein Oberkörper pendelt, deine Füße bleiben in Bewegung.«

Drei baut sich vor Siebenundzwanzig auf. Führhand vorne, Schlagfaust an der Wange, Blick auf Siebenundzwanzig: Ganzkörperspannung.

Siebenundzwanzig sieht mich an. »Darf ich ausweichen?«

»Versuchs«, sage ich. »Aber was immer du tust, die Fäuste bleiben unten.« Er sieht mich an. Dann Drei. Dann wieder mich.

»Wie lange?«, fragt er.

»Bis zum Schluss«, sage ich.

Siebenundzwanzig stellt sich aufrecht, nimmt die

Fäuste hoch und gleich wieder runter. »Beweg die Füße. Tänzle ein bisschen rum«, sage ich. Siebenundzwanzig fängt an zu tänzeln. Die Bewegung gibt ihm Sicherheit. Immer wieder nimmt er die Fäuste hoch und gleich wieder runter. »Und los!«, rufe ich.

Drei prescht nach vorne, schlägt eine Rechte, Siebenundzwanzig weicht aus, tänzelt um Drei herum. »Die Deckung runter!«, rufe ich. Siebenundzwanzig sieht mich an und noch während er das tut, kracht Dreis Rechte in sein Gesicht. Siebenundzwanzig torkelt in die Seile, federt nach vorne, fängt sich wieder. Er hebt die Fäuste, lässt sie wieder fallen. »Weiter!«, rufe ich. Drei tänzelt synchron zu Siebenundzwanzig.

Nach ein paar Sekunden bewegen sich beide wie eine Einheit im Uhrzeigersinn. Siebenundzwanzig hält den Blick abwechselnd auf Dreis Beinarbeit und seine Fäuste, immer hoch und runter, hoch und runter. Und gerade als er den Blick hinunter senkt, schlägt Drei eine Kombination, links-rechts-links, Siebenundzwanzig steckt sie weg, problemlos, tänzelt weiter, mal nach links, mal nach rechts, schlägt Haken, dann laufen sie wieder synchron.

Das Lachen der Rettungssanitäter hält nur kurz.

»Was ist passiert?«, fragt der eine.

»Er hier hat ihn umgehauen«, sage ich.

»Scheiße, das wollte ich nicht, ehrlich, es tut –«

»Schon gut«, sage ich. »Du kannst nichts dafür.«

»Wie ist sein Name?«, fragt der Rettungssanitäter.

»Drei«, sage ich. Der Sanitäter sieht mich an. Ich nicke.

»Hallo?«, sagt er neben Drei kniend. »Kannst du mich hören? Hallo? Drei?« Niemand lacht.

Sie schnallen Drei eine Halskrause um, legen ihn auf eine Trage und bringen ihn in den Krankenwagen. Kurz bevor sie losfahren, kommt Drei wieder zu sich.

»Du wirst schon wieder«, sage ich, bevor sie mich aus dem Wagen schieben.

»Trainer?«, sagt Drei.

»Ja?«

»Einmal gelacht, einmal geweint, einmal die Fresse dick.« Er lächelt. Ich auch. Dann scheppert die Tür. Blaulicht. Der Krankenwagen fährt vom Hof.

»Was heißt das?« Neben mir steht Siebenundzwanzig.

»Ich hab mich vertan«, sage ich.

»Wieso?«

»Es geht gar nicht ums Coolsein.« Sein Gesicht sagt, dass sein Kopf meinen Satz nicht versteht. »Und wenn ich dir sage, die Arme bleiben unten, dann bleiben die Arme unten«, sage ich und boxe gegen seinen Kopf. Nicht zu fest, aber auch nicht so windelweich, dass er denkt, ich würde ihm nichts zutrauen.

»Es tut mir leid, wirklich, ich wollte das nicht, aber auf einmal ...«

»Hast du ihn einfach umgehauen.«

»Ja.«

»Ein Reflex«, sage ich.

»Ein Reflex«, wiederholt er.

»Wenn das dein Reflex ist«, sage ich und zeige in Richtung Rettungswagen. »Wenn das dein Reflex ist, dürfen wir den nicht ausknipsen.«

# FEUER

Als hätten alle sechs Kinder nach dem Essen noch eine große Flasche Cola getrunken, stürmen sie lautstark durch das Wohnzimmer, durch den Flur, durch die Küche, selbst durch die Toilette stürmen sie, aufgedreht wie Lightning McQueen vor seinem ersten großen Rennen. Und obwohl es für Lukas schon das dreizehnte Fest ist, fragt auch er, genau wie die anderen Fünf, immer wieder: »Wann gibt es Geschenke?«

»Wenn das Christkind da war«, sagt Opa. Er lächelt Lukas an, zwinkert ihm zu. Und seit letztem Jahr versteht Lukas dieses Zwinkern: »Ich weiß, dass du weißt, dass sich die Mama nur verkleidet«, sagt es.

Lukas erinnert sich noch gut an die Zeit, als er noch nicht wusste, wer da unter dem weißen Gewand und der goldenen Krone steckte. Er erinnert sich an Herzklopfen und Fingerknibbeln. An diese Mischung aus Neugier und Ehrfurcht und auch Angst vor diesem Wesen, das was war? Ein Engel? Ein Geist? Heute weiß er es. Und das Wissen hat ihn von der Angst befreit.

Aber ansonsten hat sich nichts verändert. Irgendwann kommt immer Oma und sagt, so leise als lege sie die Worte auf ein Blech mit noch warmer weicher Schokolade, dass sie glaube, das Christkind gehört zu haben. Und wenn sie den Finger hebt, ist da dieses Klingeln. Wie von einer Glocke. »Die Engel«, flüstert dann immer Henni.

»Genau«, sagt Oma. »Die Engel.« Und als sei das sein Stichwort, platzt Lukas' Vater Mattis in den Augenblick hinein, wie ein rohes und viel zu dickes Kotelett auf einen Grill mit Gemüse und Kräutern platzt, und ruft: »Na, sollen wir jetzt nachsehen, oder was?«, und alle Kinder schreien gleichzeitig: »Jaaa!« Und mit gespielter Entrüstung, die auch ein wenig Wahrheit enthält, beschwert sich Oma bei ihrem Sohn, wie wenig Taktgefühl der habe, und dass man Engeln gegenüber nicht so schroff sein dürfe. »Entschuldigung«, sagt Mattis dann immer. »Ich bin nur so aufgeregt.« Und dann fragt er die Kinder, schon wieder viel zu laut: »Ihr auch?«, und alle schreien sie wieder im Chor: »Jaaa!«

Das Schönste an Heiligabend ist auch immer das Essen. Wenn die Erwachsenen alle Tische zusammenstellen, die die kleine Wohnung hergibt.

Da ist Opas Schreibtisch. Der ist so alt, älter als Opa selbst, und der wird nächstes Jahr siebzig.

Da ist der Küchentisch. Zusammen tragen Klaus und Mattis den Tisch ins Wohnzimmer, auf dem sie sich früher immer die Ovomaltine auf das Graubrot geschmiert haben. »Ovomaltine mit ein bisschen Brot«, sagt Opa immer und lacht.

Da ist der Wohnzimmertisch. Viel tiefer als die anderen beiden Tische, aber genau richtig für sechs Kinder zwischen zwei und dreizehn Jahren. Und auch wenn Mattis seinen Sohn Lukas fragt, ob der dieses Jahr mit den Erwachsenen am Tisch sitzen will, »Dreizehn ist ein Alter zwischen den Stühlen«, sagt Mattis, bleibt Lukas lieber mit am tiefen Tisch. Die Erwachsenen nämlich reden immer über das Haus. Und Gespräche über das Haus langweilen Lukas doch sehr. Viel lieber wohnt er darin. Aber das geht eben nur im Sommer. Darum bleibt Lukas an dem Tisch, an dem er auch die letzten Jahre gesessen hat. Zusammen mit seinem kleinen Bruder Julius und den anderen. Mit Lorenz und mit Henni, mit Eike und mit Kolja, für den Opa den alten Kinderstuhl so weit abgesägt hat, dass Kolja darin noch problemlos mit am Wohnzimmertisch sitzen kann.

Klaus und Mattis müssen die Tische quer ins Wohnzimmer stellen, denn der Raum ist nicht gemacht für all die Leute. »Für drei Kinder hat es gerade noch gereicht«, sagt Opa zu Sven, der lächelnd dabei zusieht, wie seine Brüder die Tische hineintragen.

»Überanstreng dich nicht«, sagt Mattis dann immer.

»Ihr die Tische«, sagt Sven, »ich die Verantwortung.« Und wenn dann Oma kommt, mit dem weißen Wäschekorb voll weihnachtlicher Tischdeckchen, sagt sie: »Sven, jetzt hilf doch mal deinen Brüdern. Immer müssen die alleine die Tische tragen. Das ist doch nicht richtig so.« Und als hätten sie vor der Tür gestanden und nur auf ihren Einsatz gewartet, kommen Jana und Sarah herein und bemitleiden ihre Männer, küssen sie, streichen ihnen über die Köpfe. »Mein armer Mummelmann«, sagt Jana zu Mattis. »Hat dich dein Bruder wieder geärgert?«

»Seit über vierzig Jahren«, sagt Mattis dann immer, während Oma ihren Kindern die Tischdecken in die Hände drückt und ihnen unauffällig wie eine Souffleuse im Kindertheater zuflüstert: »Deckt ihr doch schon mal die Tische ein.« Und mit einer Selbstverständlichkeit, die eine über Jahre gewachsene Liebe braucht, und die es dann trotzdem nur an Heiligabend gibt, nehmen Jana und Sarah ihren Männern die weiß und gold verzierten Deckchen ab und staffieren die Tische aus.

Besondere Mühe geben sie sich beim Kindertisch. Auch wenn das die undankbarste Arbeit ist, denn meistens hält sie keine zwei Minuten.

Diesmal ist es Kolja, der an der Tischdecke zieht und die Gläser mit dem Wasser umwirft. Lorenz und Eike und Julius lachen viel zu laut, Henni steht auf und läuft in die Küche, und Lukas schimpft auf eine so liebevolle Art mit seinem zweijährigen und jetzt völlig verdutzt dreinguckenden Cousin, dass Mattis und Jana sich ansehen, als wäre ihr Sohn ein Geschenk gewesen, dass sie sich beide gemacht hatten, und das auch nach über dreizehn Jahren noch funkelt und glänzt und ihnen Freude macht.

Das Schönste an Heiligabend sind auch immer die Spiele. Brettspiele, Kartenspiele, Theaterstücke, da ist nichts, worauf die Kinder an den Weihnachtstagen keine Lust haben.

Diesmal spielen sie, Oma hatte sich das gewünscht, die Geburt Jesu nach. Der kleine Kolja ist das Jesuskind, Lukas ist der Vater, Henni die Mutter und Lorenz und Eike und Julius die Heiligen Drei Könige. Und obwohl sie das Stück nicht einmal hatten üben können, spielen sie so souverän, als gäbe es eine Kindersendung, die die Geschichte dreihundertfündundsechzig Tage im Jahr im Fernsehen zeigte, von früh bis spät. Und die Art, wie Henni den Heiligen Drei Königen ihren kleinen Bruder Kolja präsentiert – sie nennt ihn den ›Heilland‹ –, lässt ihren Vater Klaus um einen halben Meter wachsen. »Bestimmt wird sie mal Schauspielerin«, sagt Sarah zu Klaus.

»Das macht sie richtig gut«, flüstert Oma. »Sie hat wirklich Talent.«

»Vielleicht wird sie doch besser etwas anderes als Schauspielerin«, sagt Opa.

»Ihr müsst leise sein!«, ruft Henni und stampft mit dem Fuß auf den dicken Teppich.

»Natürlich«, sagt Oma. »Entschuldige. Wir sind jetzt ruhig.« Und mit Daumen und Zeigefinger zieht Opa einen imaginären Reißverschluss über seine Lippen. Dann zeigt Henni wieder auf ihren kleinen Bruder Kolja, der auf dem Sessel liegt, und sagt: »Das hier ist der Heilland. Er ist für euch geboren.«

»Na dann, frohe Weihnachten«, ruft Lorenz und alle lachen sie, alle bis auf Henni. »Lorenz, ich zeig doch gerade das Jesuskind!«, ruft Henni. Und weil die anderen nicht mehr zusehen, und überhaupt niemand mehr zuhört, läuft Henni zu ihrer Mutter Sarah und vergräbt ihr vor Aufregung rot angelaufenes Gesicht weinend in deren Schoß.

»Hey Schatz«, sagt Sarah und streicht über die Haare ihrer Tochter, während Lukas und Julius und Eike und Lorenz in ein neues Stück wechseln, von dem niemand erkennt, was es ist oder was es einmal sein könnte. »Die anderen machen nur Spaß, okay? Sei nicht böse auf sie.«

»Es sind doch alle so aufgeregt«, sagt Oma. »Wo doch gleich das Christkind kommt.« Und als Henni nur noch schnieft, die Nase hochzieht, da sagt Oma: »Bestimmt hat das Christkind dir was ganz Besonderes gebracht.«

»Ja?«, fragt Henni.

»Ganz bestimmt«, sagt Oma, und ihr Lächeln springt über auf Henni wie ein Grashüpfer in Zeitlupe. »Hilfst du mir, die Kartoffeln aus der Küche holen?«, fragt sie. Henni wischt sich die Tränen aus dem Gesicht, nickt und geht mit Oma, vorbei am immer wilder werdenden Theaterstück, aus dem Wohnzimmer hinaus und in die Küche.

»Lukas!«, ruft Mattis, »Lukas, macht mal etwas langsamer, okay?« Aber weder Lukas noch Eike noch Lorenz noch Julius und schon gar nicht der kleine Kolja sehen aus, als hätten sie vor, in den nächsten achtzehn Tagen auch nur einen Funken Energie für sich zu behalten.

»Kennt ihr *den* Erziehungstipp aller Alleinerziehenden?«, fragt Lorenz' Vater Sven die anderen Erwachsenen.

»Was für einen Tipp?«, fragt Klaus.

»Du hast nicht die Konsolen mitgenommen?«, fragt Sarah ihren Mann Klaus, als hätte der schon gesagt, dass er sie dabei hat. Und als Sven aufsteht, zu den Kindern geht und sie laut fragt: »Wer will Fernsehen?«, da geschieht alles gleichzeitig. Die Kinder jubeln, die Eltern stöhnen und Opa lacht so laut, dass sein Bauch unter dem Strickpullover auf und ab hüpft.

Aber all das. Die Aufregung der Kinder, das Essen, die Spiele, all das ist nur Vorbereitung auf das mit Abstand Schönste an Heiligabend: die Bescherung.

Vor einigen Jahren, es muss beim dritten oder vierten Kind gewesen sein, da hatten die Erwachsenen aufgehört, sich Geschenke zu machen. Einmal hatten sie darüber gesprochen.

»Ich möchte nicht, dass uns irgendjemand von euch was zu Weihnachten schenkt«, hatte Oma gesagt.

»Wir möchten auch keine Geschenke«, hatte Mattis geantwortet und seine Frau Jana und sich gemeint. Und unisono hatten sich erst Klaus und Sarah, und beinahe zeitgleich auch Sven und damals noch Evelyn untergehakt.

Es hatte einige Jahre gedauert. Aber heute, ein Jahr nachdem er erkannt hatte, dass das Christkind in Wahrheit seine Mutter war, da fällt Lukas auf, dass nur die Kinder Geschenke bekommen. »Warum bekommen die Erwachsenen keine Geschenke?«, fragt Lukas seine Eltern. Doch es ist Oma, die ihm antwortet. »Schau mal«, sagt sie, und so automatisch wie ein Herzschlag knicken ihre Beine ein, um in die Hocke zu gehen. Aber dann bemerkt sie, dass sie ihrem Enkel im Stehen in die Augen sehen kann. Sie lächelt, nimmt Lukas in den Arm und zeigt unter den Weihnachtsbaum, der groß und leuchtend und mit glitzerndem Lametta behangen in der Ecke steht. »Siehst du das?«, fragt Oma. Und Lukas sieht, wie sein Bruder Julius versucht, den Karton der LEGO-Ritterburg zu öffnen, ohne ihn kaputtzureißen. Er sieht Eike und Henni, die ihrem kleinen Bruder Kolja ein so großes Wimmelbuch zeigen, dass sie bis nächstes Weihnachten brauchen werden, um sich jedes Detail darin angesehen zu haben. Er sieht Lorenz, der zu seinem Bruder Julius geht und ihm mit dem LEGO-Karton hilft, und wie sich die beiden kurz darauf streiten, ob man die Burg nach der Anleitung aufbauen muss oder einfach die Steine ineinanderstecken kann, und irgendwann käme schon eine Burg heraus. Er sieht, wie der kleine Kolja das Wimmelbuch links liegen lässt, sich umdreht und einen der Plastikbeutel mit LEGO-Steinen darin öffnet und über den Teppich verteilt. Er sieht Henni, die hinter ihrem kleinen Bruder aufräumt. Und Eike, der aussieht, als habe ihn das Wimmelbuch in eine Art Bann gezogen, und der von dem ganzen Tumult um sich herum rein gar nichts mehr mitbekommt. »Ein Hund!«, ruft er und zeigt auf eine Stelle im Buch. »Da steht ein Hund auf dem Dach!«

»Ach Mann, Kolja!«, ruft Julius. »Du hast das ganze LEGO durcheinander gemacht!«

»Das ist doch nicht schlimm«, beschwichtigt Henni, wie es nur fünfjährige Mädchen können: herzlich, tapsig, und mit einer Ernsthaftigkeit, die einem alles abverlangt, sie nicht in den Arm zu nehmen und feste an sich zu drücken.

»Wenn man groß ist«, sagt Oma zu Lukas, »also erwachsen, dann ist das hier das schönste Weihnachtsgeschenk.« Und an ihrem letzten gemeinsamen Heiligabend, da erkennt Lukas, was Oma meint. Er geht rüber zu den anderen, und zusammen bauen sie die Ritterburg seines Bruders auf. Erst einfach so, aber schon bald hat sich Julius durchgesetzt, und alle stecken sie, streng nach Anleitung, die Steine Stück für Stück ineinander, aufeinander, übereinander. So lange, bis Henni mit dem Tor des Kerkers in der Hand aufspringt und ruft: »Das Christkind!«

»Wo?«, ruft Julius ganz aufgeregt.

»Das Christkind war doch schon da«, sagt Lukas, der mit einem kurzen Blick sieht, dass seine Mutter noch immer am mit weiß und gold verzierten Weihnachtsdeckchen übertünchten Arbeitstisch sitzt.

»Aber die Glocke!«, ruft Henni. »Die Glocke läutet doch!«

Und als die schlagartig einsetzende Stille durch die Besinnlichkeit schneidet wie ein Schlachter durch den Hals einer kopfüber hängenden Kuh, da hören es auch alle anderen. Die Erwachsenen wechseln fragende Blicke. Sven und Klaus und Mattis stehen auf. »Ihr bleibt hier«, sagt Mattis in einem Ton, der die Stille, die eingezogen war, nur noch schwerer macht.

Drei Brüder gehen aus dem Wohnzimmer.

»Was ist das?«, fragt Sven. Dann, als sie vor der Wohnungstür stehen und alle den Qualm sehen, der durch die Ritzen quillt und aussieht wie verbrannte Zuckerwatte, da sagt Mattis so leise, dass beinahe nicht einmal seine Brüder es hören: »Feuer.« Und als Klaus nach der Klinke greift, um die Wohnungstür zu öffnen, da schreit er auf, schreit so laut, dass der kleine Kolja augenblicklich zu weinen anfängt, Henni sich vor Angst in die Hose macht und Sarah aufspringt und zu ihrem Mann rennt, wie sie in ihrem Leben noch nicht gerannt ist. An der Haustür angekommen sieht sie, wie Mattis und Sven an Klaus ziehen, feste, mit aller Macht ziehen, und wie die Hand ihres Mannes, wie die Haut der Hand an der vor Hitze jetzt beinahe glühenden Türklinke klebt und Fäden zieht wie ein Käsefondue, in das man ein Stück Brot getunkt hat. Klaus schreit und Sarah schreit und Sven und Mattis ziehen, und das Feuer frisst sich durch das Pressspanholz der Haustür. Doch erst als Opa ein nasses Handtuch über die teilweise noch an der Türklinke klebende Hand seines Sohnes wirft, bekommen Sven und Mattis ihren sich wehrenden Bruder los, der augenblicklich zu Boden fällt und zu schreien aufhört.

Dann ist da nur noch Chaos. Alle rennen sie durcheinander, die Kinder auf den Armen, die Männer an den Händen, aber niemand weiß wohin. Sie öffnen die Fenster, sehen Blaulicht durch die Straßen ziehen, so viel Blaulicht, und hören noch mehr Sirenen, während das Feuer die Wohnungstür zersetzt, so wie Säure Menschen zersetzt, steckt man beides in eine Plastikwanne.

Das, was die Feuerwehr in der Wohnung im vierten Stock findet, nachdem sie den Brand gelöscht hat, sieht aus wie ein einziger zusammengeklebter Haufen Mensch. Ein dicker und unförmiger Klumpen mit in alle Richtungen abstehenden Extremitäten unterschiedlicher Längen, gespickt mit Resten von Köpfen verschiedener Größen.

»Der Brandherd ist im Keller«, sagt der Gruppenführer. Der Zugführer starrt auf den Klumpen und nickt. In eineinhalb Jahren wird er das erste Mal für einen ganzen Tag lang nicht mehr an diesen Anblick denken.

## WENN ICH EINMAL TRAURIG BIN ...

... dann trink ich einen Korn. Wenn ich dann noch traurig bin, dann trink ich noch nen Korn. Wenn ich dann noch traurig bin, dann trink ich noch nen Korn, und wenn ich dann noch traurig bin, dann zünde ich was an. Irgendwas.

Das letzte Mal war's ein Kindergarten. Natürlich nachts und ohne Kinder, ich bin ja kein Unmensch. Obwohl das in der Außenwahrnehmung beinahe keinen Unterschied macht, ob das Ding mit oder ohne Kinder brennt. Die Tatsache, dass da Kinder hätten drin sein *können*, lässt die Leute fast verrückt werden. Und die Tatsache, dass es ihre Kinder hätten sein können, die da hätten verbrennen können, hätte ich das Ding tagsüber angezündet – hätte hätte Fahrradkette –, das hat dafür gesorgt, dass die mit äußerst fantasievollen Plakaten vor dem Rathaus gestanden und lauthals den Kopf des Bürgermeisters gefordert hatten. »Brennt das Rathaus nieder! Brennt es, brennt es nieder!«, hatten sie gerufen. Oder »Hängt sie auf! Hängt sie auf! Hängt sie auf, die faule Sau!« Eine Stimmung war das, wie beim Fußball-Derby.

Naja, der Kindergarten war schon ein Highlight. Aber auch all die anderen Orte haben wunderschön gebrannt. Der Imbiss an der Autobahn-Raststätte zum Beispiel. Ein Riesenspektakel war das. Auch weil das Feuer beinahe auf die Tankstelle übergesprungen wäre, wär die Feuerwehr nicht so schnell vor Ort gewesen. Kennt ihr den Spruch »Schneller als die Feuerwehr«? Ey, nichts und niemand ist schneller als die Feuerwehr, zumindest nicht an diesem Tag. Und wusstet ihr, dass Fritteusenfett nicht brennt, sondern explodiert? Ich wusste das nicht. Ich hab's erst gelernt, als ein Teil des Dachs von der Raststätte flog, so hoch und weit, dass es bei der Landung den Anhänger des Amazon-Prime-Trucks auseinandergerissen hat.

Und apropos Amazon Prime. Wusstet ihr, dass wenn ihr etwas mit Prime bestellt und die Sendung nicht pünktlich da ist und ihr die dann storniert, also irgendwann zwischen »Dann sollte sie da sein« und »Jetzt ist sie da«, wusstet ihr, dass ihr die Sachen dann nicht bezahlen müsst? Das System sieht nicht vor, dass Prime zu spät kommt. Weil das System nicht vorsieht, dass da Teile eines Raststättendachs auf einen Amazon-LKW knallen. Wirklich wahr. Verrückt, oder?

In der Nacht übrigens, in der ich die Polizeiwache hatte anzünden wollen, da hätten sie mich beinahe erwischt. Gott sei Dank hatte ich schon ein paar Korn drin und roch entsprechend. Darum konnte ich den Polizisten gerade noch überzeugen, dass das in meiner Flasche, dass das Korn war. Und dass ich das Stofftuch, also dass das ein Erbe meines Großvaters war und ich unter sehr starkem Heuschnupfen litt. So stark, dass ich saufen musste, um ein bisschen Schlaf zu finden. Zugegeben, das war alles eine sehr wackelige Erklärung, aber der

Polizist hatte gerade Feierabend und wollte zu seiner Frau oder zu seinen Kindern oder in den Puff, was weiß ich, auf jeden Fall hatte der es sehr eilig. So eilig, dass er mich, nachdem ich wie zum Beweis einen Schluck aus meinem Heizöl-Benzin-Gemisch genommen hatte, weiterziehen ließ, bevor er sich in seinen BMW setzte und zu seiner Frau oder seinen Kindern oder in den Puff fuhr.

Die Polizeiwache war in dieser Nacht natürlich tabu, ich bin ja nicht blöd. Dafür hatte ich den P und C angezündet. Und Scheiße, der hatte gebrannt wie ein Sack voll manischer Grillanzünder: *Wusch.*

Naja, auf jeden Fall weiß ich inzwischen, wie ich mit meiner Traurigkeit umgehe. Mit dieser Schwere, die sich mehr oder weniger regelmäßig auf mich setzt wie eine dicke fette schwarze Hexe, und die mir ihren Hexenbesen so tief in den Rachen schiebt, dass ich ohne Rückgrat gerade sitzen könnte. Was ich aber nicht weiß ist, wo diese Traurigkeit, wo diese Schwere, diese Hexe, wo das herkommt. Ich weiß das einfach nicht.

Ich hatte mal mit einem Arzt darüber gesprochen. Hatte dem das alles erklärt. Dieses Morgens-nicht-mehr-aus-dem-Bett-Kommen. Dieses Scheitern am Kaffeekochen. Er hatte gesagt, ich solle eine Therapie machen. Und anfangs hatte das auch geklungen wie Wasser in ein Glas schütten, aber das war dann doch alles ein bisschen schwieriger gewesen. Überweisungen, Absagen, Wartelisten, Anträge, Termine suchen, so was.

Dann hatte der Arzt gemeint, ich solle mir ein Hobby suchen. Irgendwas, das mich auf andere Gedanken brachte. Laufen zum Beispiel. Viele seiner Patienten hätten mit dem Joggen angefangen. Aber Scheiße, ich hatte mir nicht einmal die scheiß Schuhe zubinden können, wie hätte ich da laufen sollen? Eine scheiß Idee war das gewesen. Eine scheiß Idee von einem scheiß Arzt. Also war ich wieder nach Hause gegangen. Und so schwer mir auch alles Alltägliche fiel, so leicht war das dann doch noch, eine Flasche Korn zu öffnen.

Und dann hatte ich da abwechselnd gesessen und gelegen. Auf meiner Couch. Tag für Tag, Korn für Korn. Erst hatte ich aufgehört zu duschen, und irgendwann dann hatte ich kaum noch was gegessen. Ihr glaubt gar nicht, wie lange so ein Körper das ohne Essen aushält. Wochen waren das, Wochen! Aber vielleicht spielt mir meine Erinnerung auch nur einen Streich. Wenn Hochprozentiger dein Hauptnahrungsmittel ist, da kann das schon mal passieren. Da ist deine Erinnerung keine verlässliche Instanz mehr.

Auf jeden Fall brannte dann irgendwann meine Wohnung. Und ja, das war ich gewesen. Aber das war keine Absicht, das müsst ihr mir glauben. Ich hatte den roten Streichholzkopf langsam über die Reibfläche gezogen. So langsam, dass es eigentlich keine Funken hätte schlagen dürfen. Hat es aber doch. Und diese Funken dann, die hatten das Zündholz angefacht. Und weil ich zu der Zeit Schwierigkeiten mit der Motorik hatte – wie gesagt, Schuhe binden war Königsdisziplin –, da fraß sich das Feuer in aller Ruhe das Streichholz hinab. So weit, bis der Schmerz in meinen Fingern größer war als die Lethargie in meinem Kopf. Dann ließ ich das Streichholz los.

Das über die Ränder des Wohnzimmertisches hängende weiße Baumwolltuch brannte so schnell ab, dass das Feuer beinahe wieder ausgegangen wäre, wär es nicht auf den Teppich getropft. Dabei hatte es ausgesehen, als wäre ein Teller mit Tomatensuppe umgekippt, und die Suppe würde jetzt den Tisch herunter auf den Teppich tropfen, nur dass die Suppe eben brannte. Dann der Teppich, dann der Sessel, die Vorhänge, und irgendwann brannte das ganze Zimmer. Und je größer das Feuer wurde, desto kleiner wurde die Hexe mit ihrem scheiß Besen. So klein, dass ich irgendwann in meinem Wohnzimmer stand und tanzte, sang und tanzte wie ein Indianer um sein Lagerfeuer, oder eher in seinem Lagerfeuer drin.

Irgendwann dann kam die Feuerwehr. Als die mich aus meiner Wohnung schleppten, da waren mir die Haare schon weggeknistert und Teile meiner Kopfhaut verbrannt.

Die Feuerwehr hat mich dann an die Rettungssanitäter weitergereicht. Die haben mich verarztet und in so was wie ein Krankenhaus gesteckt. Und dann saß ich da. Zwischen Menschen, von denen andere sagten, sie seien verrückt. Aber die waren nicht verrückt. Niemand von denen war das. Die waren nur anders. Aber weil das System anders nicht vorsah, sagte man, sie seien ver-rückt. Und das hier war der Ort gewesen, an dem man sie wieder geraderücken wollte. Sie versuchten es mit Gesprächen, sie versuchten es mit Sport, sie versuchten es mit Malkursen und Atemübungen. Aber all das war nur Fassade gewesen für die eigentliche Therapie: Tabletten. Dosiers voller Tabletten, Schnapsgläser voller Tabletten, Handflächen voller Tabletten, alles pumpten sie in die Menschen hinein. Wieder zurechtgerückt wurde davon niemand. Aber wenigstens hielten sie jetzt alle die Fresse.

Dann ließen sie mich wieder gehen. Ganz plötzlich. Einfach so. Niemand hatte mir irgendwas gesagt. Sie sind geheilt zum Beispiel. Oder es geht Ihnen wieder besser. Sie hatten mir meine Tasche gegeben, mir die Tür gezeigt und einen Zettel in die Hand gedrückt. Für Ihren Hausarzt, danke, bitte, Tschau Kakao.

Meine neue Wohnung war kleiner als die alte. Aber mir war das egal. Ich saß oder lag eh nur auf der Couch. Und der einzige Grund, warum ich es irgendwann schaffte, mir doch noch die Schuhe zuzubinden, das waren nicht die Malkurse gewesen, nicht die Atemübungen, nicht einmal die Tabletten waren das. Der einzige Grund, der mich dazu bewogen hatte, in die Schuhe zu steigen und die Wohnung zu verlassen, der einzige Grund dafür war das Gefühl gewesen, das ich gehabt hatte, als ich wie ein Indianer in meiner brennenden Wohnung getanzt hatte. Das wollte ich wieder haben. Dieses Gefühl. Also war ich losgegangen und hatte das Büdchen angezündet.

Dass der Besitzer vom Büdchen nachts hinten drin schlief, das hatte nicht einmal die Feuerwehr gewusst. Die hatten einfach draufgehalten: Wasser marsch. Als dann die beiden Männer von der Bushaltestelle gegenüber angerannt kamen und riefen, dass da ja einer drin wohnte, da war das Geschrei groß. Und als der Mann, dem das Büdchen gehörte, als der von wo auch immer zurückkam, da waren sie alle erleichtert. Die Feuerwehr war erleichtert, die Polizei war erleichtert, die beiden Männer von der Bushaltestelle waren erleichtert, und sogar der Mann selber, der war erleichtert, auch wenn der erst mal damit beschäftigt war, die Feuerwehr anzuschreien, weil die Tonnen von Wasser in sein Zuhause gepumpt hatten und er ja nicht versichert war. Aber als er sich wieder gefangen hatte, der Mann, da war auch er erleichtert gewesen. Das hatte man gesehen.

Aber so ein Büdchen ist schnell ersetzt, und außer dem Besitzer packst du damit niemanden. Die Feuerwehr kommt, baut sich auf, löscht, packt wieder ein und fährt davon, auf zum nächsten Brandherd. Die Polizei kommt, steigt aus, stellt Fragen und sieht nach, ob jemand zu Schaden gekommen ist. Dann fährt auch die weiter zum nächsten Delikt, was auch immer das sein mag. Und übrig bleibt nur der auf dem Gehweg hockende Besitzer. Aber auch der steht irgendwann wieder auf, klopft den Staub ab und macht weiter. Also suchte ich mir ein neues Ziel. Eines mit emotionaler Ladung.

Ein paar Tage später brannte das Shining lichterloh. Und dann brach die Hölle los.

Um das Shining hatte es die letzten Jahre schlecht gestanden. Nicht weil es keine Gäste mehr gab. Immer wenn ich daran vorbeigegangen war, standen die Leute in Schlangen vor dem Laden, während Livemusik durch den Eingang auf die Straße schwoll, düster und schwer wie die Menschen davor. Aber irgendwie hatten es die Besitzer geschafft, trotz vollen Hauses fast pleite zu gehen. Und als dann die Feuerwehr kam und sagte, dass das Brandstiftung gewesen war ... Naja, die Besitzer kamen in Untersuchungshaft, in den sozialen Medien tobte ein Krieg – die Gäste des Shining gegen alle anderen –, und die Zeitungen überwarfen sich mit Meldungen, gebaut auf sandigen Vermutungen und Hörensagen. Tagelang freute ich mich jeden Morgen nach dem Joggen darauf zu lesen, was sie sich wohl diesmal ausgedacht hatten, es war großartig. Wundervoll und großartig.

Und so ging das dann immer weiter. Fitnessstudio, Schwulenbar, Einkaufszentrum, Mehrfamilienwohnblocks, alles, was für die meisten nicht mit Arbeit zu tun hatte, war ein emotionaler Volltreffer gewesen. Und ja, das mit dem Kindergarten war auch ganz schön, zumindest war der Nachhall länger als bei allen anderen, aber auch der war irgendwann verebbt.

Und kurz darauf war sie wieder da. Die dicke fette schwarze Hexe. Eingehüllt in Lethargie und Traurigkeit hockt sie seitdem auf meinem Brustkorb und drückt mich mit aller Gewalt in diese Couch hinein. Und die Frage, die sich mir seitdem stellt, ist die: Was, wenn Orte nicht brennen, sondern in die Luft fliegen? Und was, wenn sie zu Stoßzeiten in die Luft fliegen? Was macht das mit dieser dicken fetten schwarzen Hexe da auf meiner Brust? Und was passiert mit der, wenn ich in eine Suchmaschine die Frage »Wie baue ich eine Rohrbombe?« eintippe?

Ich stehe auf, gehe rüber an den Schreibtisch und starte den Computer.

# DER BARMHERZIGE SAMUEL

Jedes Mal, wenn er Tonis Wohnung verlässt, ist Samuel froh, dass er noch lebt. Toni ist ein unangenehmer Mensch. Ein richtiger Schmock. Er kennt kein Hallo, kein Wie geht's, kein Bis bald, Was macht die Freundin? Wahrscheinlich hält Toni ihn für schwul. Noch wahrscheinlicher aber ist, dass Toni ihn für einen scheiß Juden hält. Toni hält sie alle für scheiß Juden. Selbst wenn sie nicht Samuel, sondern Rüdiger heißen. Toni ist antisemitisch, aggressiv und hochgradig paranoid. Darum ist Samuel jedes Mal froh, dass er noch lebt, wenn er Tonis Wohnung verlässt.

Um die Besuche beim paranoiden Toni so gering wie nur irgend möglich zu halten, kauft er immer gleich vier dicke Packungen Luckys. Das erhöht nicht das Risiko, einkassiert zu werden, wohl aber die möglichen Spätfolgen. Aber mehr als einmal am Tag in diese Wohnung, das machen seine Nerven nicht mit. Das machen keine Nerven mit.

Er zieht den Reißverschluss seiner Chevignon-Jacke bis hoch zum Schal. Reibt seine Handflächen aneinander. Pustet zweimal hinein. Hinter ihm fällt die Tür zum Treppenhaus ins Schloss. Er geht die drei Stufen auf den Bürgersteig, dann rechts, vorbei an Tonis Wohnzimmerfenster. Von außen sieht es aus, als sei niemand zu Hause. Als sei man auf der Arbeit im Büro. Oder im Skiurlaub.

Das letzte Mal Urlaub hatte Samuel, als er noch bei Winkler & Zimmermann gearbeitet hatte. WinZim, so hatte man das gesagt. Frei von jedem Sarkasmus. »Die Firma WinZim, mein Name ist Samuel Krüger, was kann ich für Sie tun?« Das war so lange her, der Gedanke daran wirkte wie eine Erzählung alter Leute vom Krieg.

WinZim vertrieb Bohrer. Metallbohrer, Holzbohrer, Steinbohrer, Fachfräsbohrer. Verkaufsschlager waren die Metallbohrer gewesen. Einmal, da hatten sie eine Kundenumfrage gemacht. Sie hatten wissen wollen, wofür man ihre Bohrer benutzte. Das Ergebnis war ernüchternd und irgendwie witzig zugleich gewesen: siebzig Prozent aller Kunden kauften TIN-beschichtete Metallbohrer, um Löcher in Steinwände zu bohren. Das war ungefähr so, als würde man sich eine G-Klasse in der Militärversion kaufen, um freitags die Straße runter zum Friseur zu fahren.

Und kurz nach Auswertung dieser Umfrage war es gewesen, dass er das letzte Mal Urlaub gehabt hatte. Dann hatten sie ihm gekündigt.

Jetzt verdient er besser. Viel besser. Mehr als sein Chef bei WinZim je verdienen wird. Dafür war Urlaub eine Utopie geworden. Urlaub wäre wie ein Rücktritt. Hinter jeder Ecke stehen sie und warten nur darauf, dass du nicht mehr kommst. Und dann immer diese Besuche beim paranoiden Toni.

Ein paar Häuser weiter tritt ein Mann mit einem Schäferhund an der Leine aus der Tür eines Hauses. Der Mann sieht Samuel an, zieht sich die Krempe seines schwarzen Cowboyhutes ins Gesicht. Der Cowboy holt tief Luft, geht drei Schritte, stellt sich zwischen zwei parkende Autos. »Komm her«, sagt er zu dem Hund. Aber der bleibt, wo er ist: mitten auf dem Bürgersteig. »Komm her jetzt«, zischt der Cowboy und zieht an der Leine. Die bleibt straff, als wäre sie um einen Baum gebunden.

Der Cowboy atmet schneller. Kürzer. Beinahe wie der Hund. Er geht leicht in die Knie, fasst sich an die Brust. Samuel beschleunigt seinen Gang, läuft um die Autos herum auf ihn zu. »Hallo?«, fragt er. »Ist alles in Ordnung? Brauchst du Hilfe?« Der Cowboy winkt ab, fasst sich wieder an die Brust, atmet. »Soll ich einen Krankenwagen rufen?«, fragt Samuel. Der Cowboy lässt die Leine los, dreht sich um und stolpert vornübergebeugt die Straße hinunter. Der Schäferhund läuft hinterher. Die Leine schleift über den aufgeplatzten und vereinzelt notdürftig geflickten Asphalt. Samuel sieht den beiden nach. Wartet ab, bis sie zum Ende der Straße und rechts um die Ecke sind. Dann geht er weiter.

An der Kreuzung sitzt Volkan vor seinem Laden auf einer Bierbank. Auf dem Schild über seiner Fensterfront steht in roten und blauen ausgeblichenen Buchstaben »Türkisch-Kurdischer Kulturverein«.

»Günaydin«, ruft Samuel. Er winkt Volkan zu. Der schiebt mit seinen Lippen eine Zigarette zwischen den Mundwinkeln hin und her, wühlt in den Taschen seines Mantels. Samuel geht über die Straße, auf Volkan zu. Die Zigarette erstarrt zwischen Volkans Lippen. Samuel zückt sein Feuerzeug, bringt es zum Brennen, hält es Volkan hin. Der hält die Spitze seiner Zigarette über die Flamme, pafft, raucht. Samuel setzt sich zu Volkan. »Und?«, fragt er. »Wie läuft der Morgen?« Volkan sagt nichts. »Krieg ich auch einen Tee?«, fragt Samuel. Er zeigt auf das Glas Tee, das auf einem kleinen weißen und goldverzierten Unterteller zwischen Volkan und ihm auf der Bierbank vor sich hin dampft. Volkan schlägt die Beine übereinander und sieht die Straße hinunter. Ein weißer Qualmfaden zieht sich von der Spitze seiner Zigarette pfeilgerade hinauf, kräuselt sich, schlängelt sich um sich selbst, beginnt zu zittern und verteilt sich in der Luft, bis er nicht mehr zu sehen ist. »Alles klar«, sagt Samuel. »Hab noch einen guten Tag.« Er klopft Volkan auf die Schulter. Als läge dort hinten das brennende Sodom, sieht der noch immer die Straße hinunter.

Samuel steht auf. Ein schwarzer SUV zieht an ihm vorbei. Der Motor schreit, als habe der Wagen nur einen Gang. Samuel spaziert ihm hinterher.

Die Ecke hier war mal ein richtig schöner Ort gewesen. Laut, ja, auch, aber nicht laut im Sinne von Nachbarn, die um halb zwölf Uhr nachts mit der Stichsäge Laminat verlegen, sondern laut im Sinne von pulsierend. Atmend. Okay, röchelnd auch, das stimmt. Dieser Ort war schon immer anders gewesen. Ein bisschen schmutziger als der Rest. Aber angenehm schmutzig. Wie eine noch nicht ganz aufgeräumte Wohnung nach einem ausladenden Familienfest, diese Art Schmutz. Die Leute hatten sich gekannt. Gegrüßt. Man hatte zusammen gesessen, getrunken und geredet. Über Familie. Arbeit. Zukunft. Die Kinder hatten auf der Straße Fußball gespielt oder Fangen, und die Autos hatten geduldig gewartet, bis die Straße wieder frei geworden war. Unvorstellbar heute.

In den großen Ferien war hier alles immer wie ausgestorben gewesen. Als wäre am letzten Schultag ein riesiger Bus gekommen und hätte drei Viertel der Leute in ein Sommercamp gefahren. Aber das, was den Ort ausgemacht hatte, das war noch immer zu spüren gewesen. In jeder Fuge hatte das genistet, in jeder Ecke, unter jedem Stein.

Irgendwann dann war es, als wäre der Bus nach den großen Ferien nicht mehr wiedergekommen. Die Menschen, die diesen Ort zu etwas Besonderem gemacht hatten, die waren weg. Und die Aura des Ortes, die hatten sie mitgenommen.

Am Längsten von allen hatte sich der türkische Supermarkt gehalten. Aber auch der war irgendwann einfach zu gewesen.

Dann hatte es die Ramschzeit gegeben. Dönerläden und Ein-Euro-Shops und Friseure. Alle zwei Monate hatten die Besitzer gewechselt. Männer kamen, schabten die Namen von den Fensterscheiben oder klebten einfach neue darüber, fuhren wieder weg und kurz darauf wieder vor. Aus den Hausfluren verschwanden erst Fahrräder, dann Kinderwagen, dann wurden Briefkästen leer geräumt. Und als die Graffitis an den Fassaden blieben, war das wie ein resignierender Seufzer gewesen.

Seitdem lag das Viertel in einer Art Wachkoma. Da waren noch Menschen, ja, aber jeder war für sich. Man ging sich aus dem Weg. Die Bürgersteige waren zugestellt mit Autos und die Fensterscheiben der Ladenlokale zugeklebt mit Plakaten. Alles war heruntergekommen. Die Leute, die Gebäude, die Geschäfte.

Nur Andrej, der achtet noch auf seinen Kiosk. Kein einziges Plakat hängt an seiner Fassade, kein einziger Sticker klebt daran. Seine Fenster sind so glänzend sauber, richtig aggressiv sieht das aus. Wie ein fünfzehnjähriger Pubertierender auf der Suche nach Streit.

Bei Andrej kriegst du alles, was du so brauchst. Zigaretten, Bier, Chips, Eis, sogar im tiefsten Winter gibt es bei Andrej Eis. Und sogar im tiefsten Winter gibt es hier Leute, die das Eis dann kaufen.

Bei Andrej gibt es aber auch andere Dinge. Es gibt Toast und Spirli-Nudeln und Hühnersuppe von Erasco. Es gibt diese kleinen Küchenmesser, mit denen du Zwiebeln schneiden kannst. Die halten meistens nur ein Dutzend Zwiebeln, aber dafür kosten sie auch nur einen Euro das Stück. Und wenn die stumpf sind, schmeißt du sie weg, gehst zu Andrej und kaufst neue.

Puppen gibt es auch. Puppen und Wanduhren in Form von Motorrädern. Und Spielzeugautos und Kaffeepads und Eier und Kratzeis. Und wenn du einen schlechten Tag hast, hat Andrej auch ein paar nette Worte für dich. Andrej ist wie ein Supermarkt mit Drive in-Kurzzeittherapie.

Samuel öffnet die Tür, geht in den Kiosk hinein. »Morgen Andrej«, ruft er in den leeren Laden.

»Augenblick«, ruft Andrej von irgendwo. »Bin gleich da.«

»Langsam«, sagt Samuel. »Ist noch zu früh für Stress.«

Als wären sie über Nacht komplett neu bestückt worden, sieht Samuel die Regale entlang. Sieht auf NicNac's. Chipsfrisch. Abgepackten Marmorkuchen.

»Hey, Sam«, sagt Andrej. Irgendwie hat er es unbemerkt hinter den Tresen geschafft.

»Morgen«, sagt Samuel.

»Kaffee?«

»Gern.«

Als habe der schon die ganze Zeit da gestanden, holt Andrej einen mit Kaffee aufgefüllten Pappbecher hinter der Kasse hervor und reicht ihn Samuel. »Vorsicht«, sagt Andrej. »Ist noch heiß.«

»Danke«, sagt Samuel. Er nimmt den Becher, pustet hinein, stellt ihn neben das Schälchen für's Wechselgeld.

»Wie läuft der Morgen?«, fragt Andrej.

»Ach«, sagt Samuel, »frag nicht. Toni war ganz schön drüber wieder. Und der Woczniek aus der Siebzehn ...«

»Der alte Cowboy.«

»Mhm. Der hatte einen Herzanfall, oder so.«

»Einen Herzinfarkt?«

»Keine Ahnung. Der stand da und hat sich an die Brust gefasst, so. Und geatmet hat der, schneller als sein Schäferhund.«

»Ich hasse diesen Hund«, sagt Andrej.

»Hitler hatte auch so einen«, sagt Samuel.

»Den hass ich auch«, sagt Andrej.

»Hast du das mit Björn gehört?«, fragt Samuel.

»Mit Björn? Nein. Was ist mit dem?«

»Den haben die tot in seiner Wohnung gefunden.«

»Du meine Güte«, sagt Andrej. »Was ist passiert?«

»Keine Ahnung«, sagt Samuel. »War aber schon ein paar Tage hinüber. Hat ganz schön gestunken.«

»Hm«, macht Andrej und sieht aus dem Fenster. Samuel schlürft einen Schluck Kaffee aus dem Becher. Dann sagt er: »Ich fang dann mal an. Danke für den Kaffee.«

»Gerne. Bis heute Mittag?«

»Heute komm ich vielleicht ein bisschen früher. Ich hab noch nichts gegessen.«

»Willst du ein Brötchen?«

»Grad nicht, danke.«

»Dann bis nachher!«, ruft Andrej.

»Bis später«, sagt Samuel. Dann steht er wieder vor der Tür.

Er geht die Straße weiter runter bis kurz hinter die alte Kneipe, die mit den Brettern vor den Fenstern. Keine zwanzig Meter von Andrejs Kiosk entfernt, stellt er sich in einen Hauseingang. Schräg gegenüber steht die dicke Gugliczka am Fenster im zweiten Stock und sieht ihn mit ihren Blitzblicken an. Samuel winkt ihr. Die dicke Gugliczka reißt ihre dunkelgrünen Vorhänge zu. Beleuchtet von ihren zwanzig Zimmerlampen sieht er, wie sie hinter dem Vorhang stehen bleibt. Er winkt noch einmal. Dann verschwindet die dicke Gugliczka.

Als hätte jemand sein Kommen mit einer Parade durchs ganze Viertel angekündigt, steht da der Erste vor Samuel, noch bevor der seinen Kaffee austrinken kann.

»Hi«, sagt der Mann, der Junge, das Kind. So genau kann man das nicht mehr erkennen.

»Kalle«, sagt Samuel. »Guten Morgen. Wie geht's? Gut geschlafen?«

»Ja«, sagt Kalle. Sein Blick geht zum Fenster der dicken Gugliczka.

»Warst du schon beim Doc?«, fragt Samuel.

»War ich«, sagt Kalle.

»Und?«

»Wie immer.«

»Okay.« Samuel sieht zu Andrej. Zwischen zwei roten Motorrad-Uhren steht eine große Flasche Coca-Cola im Schaufenster. »Willst du ne Zigarette?«, fragt Samuel.

»Bitte«, sagt Kalle. Samuel zückt eine der dicken Schachteln Luckys. Er öffnet sie, zieht eine Zigarette heraus und gibt sie Kalle. Der sieht sie sich von allen Seiten an. Dann sagt er: »Danke«, dreht sich um und verschwindet im Haus der dicken Gugliczka.

»Mach's gut!«, ruft ihm Samuel hinterher. Aber da ist die Haustür schon wieder zu.

Es ist ein ruhiger Morgen. Leute kommen, schnorren Zigaretten, gehen wieder. Und so sehr sich Samuel auch bemüht, eine richtige Unterhaltung will einfach nicht in Gang kommen.

Das ändert sich erst mit Ilena. Die ist grundsätzlich sehr gesprächig, aber heute ganz besonders. Sie fliegt über die Wörter hinweg und durch sie hindurch, so nah an ihnen vorbei, dass ihr Ch klingt, als lasse jemand Luft aus einem Reifen.

»Ich konnt' heut morgen nicht zum Doc«, sagt sie und steht da, in einem Pullover, schwitzend bei zwei Grad unter null.

»Warum?«, fragt Samuel.

»Die haben mich gerade erst wieder gehen gelassen.«

»Wer die?«

»Die Bullen.«

»Die Polizei? Mensch, Ilena. Was ist denn passiert?«

»Die haben uns hopsgenommen«, sagt Ilena, »einfach hops!«

»Uns?«, fragt Samuel

»Mich und Kris und Ansgar.«

»Und wo sind die beiden?«

»Keine Ahnung.«

»Und die kleine Melanie?«, fragt Samuel, »wo ist die?« Mit allen Fingern ihrer rechten Hand kratzt sich Ilena hinterm Ohr. Sie macht ein langgezogenes Geräusch, das klingt wie ein scharfkantiges »Aaaah«. Dann sagt sie: »Die ist weg.«

»Wie weg?«

»Die haben die Bullen mitgenommen.«

Aus seiner eigenen Schachtel zieht Samuel eine Zigarette, steckt sie sich an. Dann hält er Ilena die Packung hin. Die zögert eine halbe Sekunde, dann greift sie zu. Samuel gibt ihr Feuer. »Was habt ihr denn angestellt?«, fragt er, zieht an seiner Zigarette. Ilena sieht zu Andrejs Kiosk. Dann wieder auf Samuel.

»Gestern kam ...

## DER ANSGAR

»Mach doch mal die Tür auf!«, ruft Kris so laut, als säße sie nicht direkt neben ihm. »Wer hat überhaupt die scheiß Klingel wieder eingeschaltet?«

»Du warst das«, sagt Ilena. »Wegen deinem Bruder.« Sie steht von der Couch auf, geht durch den Flur zur Tür, nimmt den Hörer der Gegensprechanlage ab. »Ja?«

»Ich bin's«, sagt jemand.

»Wer ist ich?«

»Mensch, ich bin's, Ansgar, mach schon auf, is kalt.«

»Das ist Ansgar!«, ruft Ilena ins Wohnzimmer.

»Scheiße, schrei doch nicht so!«, ruft Kris. Die kleine Melanie quiekt vergnügt, klatscht in ihre Hände. »Lass ihn rein.«

Ilena drückt auf den Türöffner. Sie zieht die Haustür auf, geht zurück ins Wohnzimmer. »Schrei mich nicht so an«, sagt Ilena. Ihr Tonfall so instabil wie ihre Zähne. »Das verletzt mich.«

»Entschuldige«, sagt Kris. »Ich brauch was zum Drücken.«

»Ich auch«, sagt Ilena, zieht sich einen kleinen abstehenden Hautfetzen von der Lippe und setzt sich wieder neben Kris. »Aber das ist kein Grund, mich so anzuschreien.«

»Tut mir leid.« Kris nimmt Ilena in den Arm, küsst sie auf die Stirn. Ilena lächelt wie sie redet.

Rechts neben dem Wohnzimmertisch sitzt die kleine Melanie auf dem Boden. Seit Tagen schon versucht sie sich an den Tischbeinen hochzuziehen. Aber kurz bevor sie steht, fällt sie immer wieder auf den Arsch. Unbeeindruckt spielt sie sich dann an den Zehen. So, als zähle sie die durch. Das ist der Daumen. Der schüttelt die Pflaumen. So was. Nur für die Zehen. Und als hätte sie schon wieder vergessen, dass es gerade erst nicht geklappt hat, hält sie sich an den Beinen des Wohnzimmertischs fest, zieht sich ein Stück hoch und fällt, oh Wunder, zurück auf den Arsch, um sich wieder an den Zehen zu spielen.

»Ich glaub mit der stimmt irgendwas nicht«, sagt Ilena, als Ansgar zur Tür reinkommt.

»Mensch, ist das kalt«, sagt Ansgar.

»Wo?«, fragt Kris. »Hier?«

»Ne. Draußen. Hier stinkt's nur.«

»Sei nicht so ein Arschloch«, sagt Kris.

»Ja ja«, sagt Ansgar und setzt sich in den Sessel. »Was macht die denn da?«, fragt er und sieht dabei zu, wie die kleine Melanie auf den Arsch fällt und sich an den Zehen spielt.

»Sich entwickeln«, sagt Kris.

»Vor oder zurück?«, fragt Ansgar.

»Keine Ahnung«, sagt Ilena und starrt wie hypnotisiert auf die kleine Melanie.

»Und?«, fragt Kris. »Was gibt's?«

Ansgar grinst. Wühlt in den Taschen seines grünen Parka. Er zieht etwas Glitzerndes heraus. Legt es auf den Wohnzimmertisch. Alufolie. So groß wie ein Zweieurostück. Ihre Zehen in den Händen, quiekt die kleine Melanie schief auf.

»Da ist so eine Sache«, sagt Ansgar. »Bei der könnt ich Hilfe gebrauchen.« Er zieht die Alufolie auseinander.

»Was für eine Sache?«, fragt Ilena. An ihrem Blick auf seine Finger erkennt Ansgar, dass die Antwort keine Rolle mehr spielt.

»Darf ich?«, fragt Ansgar. Er zeigt auf das Besteck.

»Bitte«, sagt Kris. Sein Körper, seine Haltung, seine Aufmerksamkeit, alles ist ausgerichtet auf Ansgars Mitbringsel. Als wäre es das geheime Kohlrouladenrezept seiner Familie, das letzte Erbstück aus der Heimat, verarbeitet Ansgar das Pulver: aufkochen, aufziehen, spritzen.

»Hinter's Ohr«, sagt Ilena und hält sich die Haare zurück. Ansgar trifft beim ersten Mal.

»In die rechte Wade«, sagt Kris. Ansgar verfehlt mehrmals. »Aua, Scheiße«, zischt Kris.

»Entspann dich«, sagt Ansgar. Er setzt noch einmal an. »Volltreffer«, sagt er. Die kleine Melanie klatscht brabbelnd in die Hände.

Ansgar legt die Spritze auf den Tisch. Zieht eine steril verpackte aus der Tasche. Dann aufkochen, aufziehen, spritzen.

Ein paar Augenblicke später sehen Ilena, Kris und Ansgar dabei zu, wie sich die kleine Melanie die Beine des Wohnzimmertischs bis ganz hinauf in den ersten Stand ihres Lebens zieht. Sie lacht und schlägt mit der flachen Hand auf die Tischplatte.

Nicht in die Spritze, denkt Ilena. Dann fallen ihr die Augen zu.

Geräusche ziehen Ansgar zurück aus Narkotic-City. Lautes Geknalle. Gewehrfeuer. Ohrenbetäubend. Er öffnet die Augen und sieht dabei zu, wie die kleine Melanie sich am Wohnzimmertisch festhaltend auf der Fernbedienung herumkaut. Auf dem Bildschirm eine Schießerei. Der Balken der Lautstärke zieht sich bis hinüber ganz nach rechts. Das Geschrei der verwundeten Frau bohrt sich wie ein Korkenzieher in Ansgars Gehör hinein, durch das Trommelfell hindurch, bis hinauf ins matschige Gehirn-Grau. Er stülpt sich den Ärmel seiner Jacke über die Hand, nimmt der kleinen Melanie die Fernbedienung ab, schaltet den Fernseher aus. Die kleine Melanie fällt zurück auf ihren Arsch. Ihr Gesicht sieht aus, als warte es auf eine Entscheidung: Heulen oder alles andere. Ganz die Mutter, denkt Ansgar und packt seine Sachen wieder zusammen.

»Was machst du da?«, fragt Ilena. Ihre Stimme wie ein schimmlig grünes Gelb.

»Ich muss los«, sagt Ansgar. Er dreht das Plastiktütchen wieder zu.

»Was für eine Sache war das?« fragt Ilena. »Bei der du Hilfe brauchst.«

»Die Metzgerei«, sagt Ansgar. Mit der Freude eines mittelalterlichen Folterknechts wickelt er das Tütchen zurück in die Alufolie. Es knistert wie bei einem Lagerfeuer.

»Okay«, sagt Ilena

»Die verkaufen da Fleisch für hundertfünfzig Euro das Kilo.«

»Hundertfünfzig Euro«, staunt Ilena. »Und was machst du damit?«

»So teures Fleisch?«, sagt Ansgar. »Alle wollen das haben. Alle wollen immer alles haben. Je teurer, desto besser.«

»Stimmt.«

»Natürlich stimmt das.«

»Hast du auch schon Leute für das Fleisch?«, fragt Ilena.

»Klar«, sagt Ansgar. Er steckt die Alufolie in die Tasche seines Parka.

»Okay«, sagt Ilena. »Um wie viel Uhr?«

»Eigentlich brauch ich nur Kris«, sagt Ansgar. Jetzt ist Ilena wach. »Warum nur Kristov?«, fragt sie. »Glaubst du, ich kann kein Fleisch klauen, oder was? Das ist frauenfeindlich.«

»Und die Kleine hier?«, fragt Ansgar. »Nimmst du die mit, oder was?«

»Natürlich!« Ilena steht auf, geht zu ihrer Tochter, nimmt sie auf den Arm. Sie drückt ihr Gesicht gegen das der kleinen Melanie. Backe an Backe sehen sie grinsend zu Ansgar. »Wer denkt denn bei so was an einen Bruch, hm?«

»Nachts um zwei.«

»Wir machen einen Spaziergang«, sagt Ilena. »Die schläft so schlecht. Stimmt doch, oder?« Mit weit aufgerissenen Augen klatscht die kleine Melanie in die Hände. Begeisterung im ganzen Körper. »Siehst du? Wir sind eine große Hilfe.« Mit der Spitze ihres Zeigefingers piekst sie ihrer Tochter in die Seite. Ein vergnügliches Quietschen strömt aus der kleinen Melanie heraus. In der Luft der Geruch von Babypuder, Essig und einer vollgeschissenen Windel. »Einhundertfünfzig Euro für ein Kilo Fleisch, das ist toll, oder? Ja, das ist toll. Sollen wir das mal dem Papa erzählen? Sollen wir? Ja?«

»Was erzählen?«, fragt Kris. Seine Aussprache noch leicht verwaschen, aber die Augen schon geöffnet, sieht er zu Ilena.

»Heute Nacht besorgen wir Fleisch«, sagt Ilena.
»Wann?«, fragt Kris.
»Um zwei«, sagt Ansgar. Kris sieht auf die Uhr. »Ist noch Zeit«, sagt er. »Drücken wir noch einen?«
Sie drücken noch einen.

Als wären sie auf dem Weg zu einem Open-Air-Sommerfest, laufen um halb zwei Uhr nachts drei für einen Winter viel zu leicht bekleidete Personen die Straße hinunter in Richtung Stadtzentrum. Links schiebt Ilena einen bunt gepunkteten Kinderwagen vor sich her. Das unsanfte Auf und Ab hat die kleine Melanie sofort schlafen lassen. »Siehst du«, sagt Ilena zu Ansgar. »Kaum steckt man die in den Kinderwagen, schläft sie ein.«
Ansgar flüstert etwas, das Ilena nicht versteht. Alle gehen sie weiter.

Eingekeilt von der gelb erleuchteten Commerzbank auf der linken und dem blau schimmernden Tedi-Schild auf der rechten Seite liegt die rot ausgeleuchtete Metzgerei. Kris drückt die Handkanten gegen die Scheibe, sieht hindurch.
»Da ist gar kein Fleisch in der Theke«, sagt er.
»Natürlich nicht«, sagt Ansgar. »Das liegt hinten in der Kühlkammer.« Er rüttelt am Griff der Tür. Sie ist zu.
»War das dein Plan?«, fragt Kris. »Gucken, ob die Tür auf ist?«
»Mensch«, sagt Ansgar. »Sei nicht so ungeduldig. Stell dir mal vor, wir brechen hier ein, machen einen riesen Alarm, und dann wär die Tür offen gewesen. Wie bescheuert wär das denn.«
»Stimmt«, sagt Kris.
»Und jetzt?«, fragt Ilena. Sie wippt weiter am Kinder-

wagen herum, auf und ab und hin und her. Die kleine Melanie schläft.

»Hintereingang«, sagt Ansgar. Er greift in den Korb unten am Kinderwagen, zieht die Brechstange heraus. »Du wartest hier«, sagt er zu Ilena.

»Warum –«

»Steh du Schmiere«, sagt Kris. Er küsst Ilena, lächelt sie an. Dann läuft er Ansgar hinterher, um die gelb erleuchtete Commerzbank herum.

Nach einigen Minuten – Ilena kann nicht genau sagen nach wie vielen, ihre Haut beginnt schon wieder zu kribbeln –, da sieht sie im rechteckigen Fenster der hinteren Tür in der Metzgerei ein weiß strahlendes Licht aufflackern. Schatten ziehen hin und her. Ein lautes Scheppern, als falle eine Metallschüssel auf Fliesen. Ilena zuckt zusammen. Sieht sich um. Im Kinderwagen eine Bewegung. Sie rüttelt am Griff, die Bewegung verschwindet. Dafür hallt jetzt aus der Fleischerei heraus lautes Gebrüll. »Scheiße«, zischt Ilena, »Scheiße, seid doch leise.« Aber das Gebrüll, es klingt wie ein Streit, geht weiter. Ilena klopft an die Glasscheibe. »Kris«, ruft sie. Erst leise, dann weniger leise, dann schreit sie, so laut es ihre Stimme zulässt: »Kristov!«

Das Gebrüll im Laden bricht ab. Die Tür hinter der Theke wird geöffnet. Darin steht: Kris. »Ihr seid zu laut!«, zischt Ilena. Kris hält sich die Hand ans Ohr. »Zu laut!«, ruft Ilena. Und noch bevor sie wieder am Kinderwagen rütteln kann, reißt der Alarm der Fleischerei ein Loch in die Nacht, so groß und laut wie ein polnischer Kanonenschlag im Auspuff einer alten Ente, der in aller Schnelle mit einer Kartoffel abgedichtet wurde. Ilena schreit auf.

Eineinhalb Sekunden später beginnt die kleine Melanie zu weinen. Kris verschwindet wieder hinter der Tür.

»Kacke!«, ruft Ilena. Ausgeleuchtet vom rot rotierenden Alarmlicht über der Glastür dreht sie sich im Kreis, während sie sich mit allen Fingern ihrer rechten Hand hinter ihrem Ohr kratzt. »Kacke, Kacke, Scheiße!« Sie klopft gegen die Glastür der Fleischerei, die kleine Melanie schreit und der Alarm scheppert laut und schrill und alle paar Sekunden die Tonlage ändernd durch die Einkaufsstraße wie eine ADHS-Selbsthilfegruppe auf Shoppingtour. In den oberen Etagen einzelner Häuser ist jetzt Licht zu sehen. Von einem Balkon aus ruft jemand: »Mach den scheiß Alarm aus!« Jemand anders antwortet: »Schrei nicht so rum, sag lieber unten Bescheid!« Ilena flucht und die kleine Melanie weint, als sich schräg gegenüber, keine zehn Meter weiter die Einkaufsstraße hinunter, eine Tür öffnet. Ilena bleibt stehen. Und erst jetzt nimmt sie das Schild wahr, das da über der Tür hängt, in der ein Mann steht und sie ungläubig ansieht, anstarrt. »Kacke!«, ruft Ilena noch einmal. Dann packt sie den Kinderwagen und rennt los. Das Auf und Ab lässt die kleine Melanie verstummen. Dafür schreit jetzt der Polizist. »Stehen bleiben!«, schreit er und rennt ihr hinterher. Im Laufen sieht Ilena nach hinten. Der Mann ist schneller. Aus der Tür noch mehr Uniformierte. »Bleiben Sie stehen!« Ilena lässt den Kinderwagen los, rennt an ihm vorbei, die Einkaufsstraße weiter hinunter, bevor der Polizist sie von den Füßen holt und sie mit dem Kopf voran auf die Pflastersteine aufschlägt.

Samuels Zigarette ist vollständig heruntergebrannt, ohne dass er auch nur einmal daran gezogen hat. »Ihr seid in die Fleischerei gegenüber von der Wache eingestiegen«, sagt er.

»Die verkaufen da Fleisch für hundertfünfzig Euro das Kilo!«, sagt Ilena. Sie spricht, als habe sie noch wichtige Termine. »Hast du eine Zigarette für mich?«, fragt sie und kratzt sich wieder hinterm Ohr. Samuel sieht zu Andrej. Sieht zu den zwei roten Motorrad-Uhren. Es steht keine Flasche Cola dazwischen.

»Leider nein«, sagt er.

»Mir fehlen nur ein paar Euro, ich bring dir die vorbei, später, ehrlich, ich brauch nur eine Zigarette, ich –«

»Ilena«, sagt Samuel. »Ich kann dir keine Zigarette geben. Tut mir leid. Du kannst eine Gauloises haben, wenn du möchtest«, er zieht seine eigene Schachtel heraus, »aber ich kann dir –«

»Scheiß auf deine Gauloises!«, ruft Ilena und schlägt Samuel die Packung aus der Hand. Sie sieht ihn an, fängt sich wieder, greift in ihre Hosentaschen und zieht zwei Handvoll Münzgeld heraus. »Hier, siehst du, es fehlen wirklich nur ein paar Euro, bitte, nur eine halbe.« Samuel umklammert ihre Hände mit seinen, verschließt sie. »Ich kann nicht«, sagt er. »Tut mir leid. Bitte geh jetzt.«

»Die haben mir mein Kind weggenommen, verstehst du? Meine kleine Melanie.«

»Ich weiß.«

»Und meinen Mann auch.«

»Ja.«

»Meine ganze Familie haben die mir weggenommen, verstehst du das? Weißt du, wie das ist, wenn die einem alles wegnehmen, was man hat?«

»Nein.«

»Ich brauch doch nur eine Zigarette und dann hol ich

mir alles zurück, okay? Ich such mir eine Arbeit, neue Freunde, okay?«

»Ich weiß.«

»Aber erst brauch ich eine Zigarette. Bitte. Nur eine, ich bring dir auch später auf jeden Fall dein Geld zu Andrej, versp –«

Das Klatschen von Samuels flacher Hand in Ilenas Gesicht ist so laut, dass für einen kurzen Augenblick alle anderen Geräusche aussetzen. Die Autos, die Krähen, der Wind. Alles hält die Luft an. Und für die Dauer eines auf Ex gekippten Obstlers klärt sich Ilenas Blick. Als durchströme sie im Bruchteil eines Atemzugs ihre Laufbahn seit der ersten Zigarette. Euphorie, Suchtdruck, Entsetzen. Das zwanghafte Festhalten an bürgerlichen Ritualen. Das Entgleiten dieser Rituale. Kein Job, kein Geld, keine Wohnung, keine Zukunft, und immer wieder Suchtdruck. Hilflosigkeit und Angst. Vor den Menschen, vor dem Schmerz. Die beiden Überdosierungen. Die aus Versehen und die absichtliche. Der Tote neben ihr im Bett. Das Verständnis für den Tod als Instanz. Das Verständnis, dass neben ihr Leben beendet wurden, während sie mit dem Affen rang. Das Verständnis, das Menschen starben. Die Erkenntnis, dass sie Leben gebar. Und dass sie sich nicht daran erinnert. Dann schreit sie los. Als halte sie ein Pamphlet auf die Menschlichkeit, schreit sie Samuel an, auf ihn ein, ihm ins Gesicht hinein, hindurch und bis tief hinab in den Kern allen Lebens. Und noch bevor ihr die Luft ausgeht, hämmert ihr Samuel seine geballte Faust gegen ihr juckendes Ohr. Er prügelt auf ihr Ohr, immer wieder, bis es aufplatzt und Blut über den Gehweg schießt, als schlage jemand auf den Boden einer vollen Flasche Ketchup. Er zieht sie hoch, Ilena, am Kragen ihres zerfledderten und ausgeblichenen 90er-Jahre-Diesel-Pullis zieht er sie zu sich und schlägt ihr mit seiner Stirn auf den Mund, einmal, zweimal, dreimal, so viele Male, bis Ilena verstummt, bis ihr Schrei abreißt, als schließe jemand eine Brandschutztür zwischen Ilena und der Welt. Er hält sie am Kragen fest und schlägt auf sie ein, so lange, bis ihr Gesicht aussieht wie das einer abstrakten Bronzefigur, so lange, bis sich hinter ihm die Haustür öffnet und jemand Samuel von ihr wegzieht, zwei Männer, drei, sie ziehen ihn weg und Ilena fällt um wie ein großer Sack Kartoffeln, während Samuel nicht atmet, sondern hyperventiliert. Zwei andere Männer, groß und breit und mit asymmetrischen Gesichtern, gehen hinaus auf die Straße. Ohne sich umzusehen, packen sie die ausgelebte Ilena, der eine die Füße, der andere die Arme, und tragen sie ins Haus hinein.

»Geht's wieder?«, fragt einer Samuel. Mit geschlossenen Augen atmet der tief ein und aus. Dann sagt er: »Ja.«

Langsam lassen die Männer ihn los. Samuel dreht sich um. Zählt vier.

»Dein Gesicht«, sagt der Dritte von links und reicht ihm eine Küchenrolle. Samuel reißt sich ein Stück ab. Als wäre das Papier ein feuchter Waschlappen, reibt er damit durch sein Gesicht.

»Besser?«, fragt er.

»Deine Haare.«

Samuel legt sich die Haare zurecht.

»Okay«, sagt der ganz rechts. Er grinst Samuel an, dann sagt er: »Einmal gelacht, einmal geweint, ...«

»... einmal die Fresse dick«, sagt Samuel. Dann verschwinden die Männer wieder im Haus. Die Tür fällt zu.

Samuel denkt an seinen alten Trainer. Er lächelt, schüttelt den Kopf, macht einen Schritt nach vorne. Dann atmet er durch, schlenkert mit den Schultern, kreist den Kopf auf seinem Hals. Im Nacken ein Knistern und Knarzen, als spiele man mit einem halben Dutzend kleiner Steine in der Hand.

Im Haus gegenüber steht die dicke Gugliczka am Fenster. Sie starrt ihn an, dann lässt sie den Vorhang los. Dann plötzlich steht da Lola.

»Morgen Lola«, ruft Samuel und sieht dabei zu, wie Lola die Bremsen ihres Rollators feststellt. »Warte, ich helf dir.«

»Wag es dich, mich anzufassen«, sagt Lola. Samuel lächelt.

Es dauert eine Weile, dann rasten die Bremsen mit einem Geräusch von leicht aufeinanderschlagendem billigem Plastik ein. Langsam dreht sich Lola um, setzt sich auf das gepolsterte Kissen ihres Gehwagens. Sie atmet schwer aus. Legt die Hände ineinander. Mit dem rechten Daumen zieht sie feste drückend Kreise über ihren linken Handrücken.

»Wie geht's dir?«, fragt Samuel.

»Quatsch mich bloß nicht voll«, sagt Lola. »Hast du was zu rauchen, oder nicht.«

Samuel sieht zu Andrej. Zwischen den roten Motorrad-Uhren steht eine Flasche Coca-Cola.

»Für dich doch immer«, sagt Samuel. »Wie geht's den Kindern?«

»Die sind tot«, sagt Lola. »Und jetzt gib mir was zu rauchen.«

Samuel lacht, zieht eine Zigarette aus der Schachtel Luckys und gibt sie Lola.

# KALLE

Als Kalle an diesem Dienstagmittag nach Hause kommt, liegt Sim – sein bester, genau genommen sein einziger Freund – tot in den Resten des grünen Sessels, der früher einmal Kalles Oma gehört hatte. Kalle hat keine Ahnung, wie lange er weg gewesen war. Waren es drei Tage? Oder fünf? Auf jeden Fall mehr als einer, das konnte er an Sim sehen, dessen Hautfarbe von einem Ockergelb in ein Büropapierweiß gekippt war.

Kalle sieht auf Sims Hand. Darin dessen Junkie-Besteck aus Glas und Metall. Die Spritze sieht aus, als sei sie auf dem Rücken einer Kakerlake aus William Burroughs' »Interzone« hierhergebracht worden. Hinter dem Glaskolben wartet aufgekochtes und gefiltertes und milchig gewordenes Zeug darauf, durch irgendwessen Venen gejagt zu werden.

Kalle geht zum Fenster. Er zieht die Jalousien hoch, öffnet das Fenster, lässt die Jalousien wieder runter. Dann geht er zu Sim. Nimmt die Spritze aus der Hand seins besten, genau genommen seines einzigen Freundes, setzt sich gegenüber von Sim auf die Couch und drückt sich den Rest der braunen Bohnenbrühe in den Körper hinein. »Die haben mich beklaut«, sagt Kalle. »Im Café. Ich hab denen extra meine Zähne gegeben. Und Ilenas AOK-Karte. Und die haben's eingeschlossen, und dann war alles weg. Wie bei David Copperfield.« Kalle schließt die Augen, fällt rücklings in die Couch. »Kannst du dir das vorstellen?«, fragt er. »Safe auf, Zeug rein, Safe zu, weg. Verrückt.« Dann kippt sein Bewusstsein in ein dunkles Nichts.

Die Klingel schreit wie ein Rhinozeros auf zwei Kilo Speed und trabt lautstark bebend von der Haustür aus den Flur hinunter, ins Wohnzimmer, hinein in Kalles Gehörgang und geradewegs hindurch, durch die Reste dessen, was früher einmal sein aktivstes Organ gewesen war. Kalle erschrickt. Elf Sekunden später schafft er es, sein rechtes Auge zu öffnen. Ein Tisch. Sim. Eine Wand. Ein Fenster. Offen? Das Rhinozeros trabt weiter, unerbittlich, durch sein Gehirn, durch sein Wohnzimmer, das Ding ist einfach überall, während er alle Kraft und Hoffnung daran setzt, sich selbst aus der Couch gewippt zu kriegen. Er denkt darüber nach, einmal laut: »Ja!«, zu rufen, damit dieser Krach endlich aufhört, dieses Gebrüll und Gepolter und Geklopfe und Geklingel, aber allein der Gedanke ist so anstrengend, dass er noch immer in der Couch festsitzt. Dann plötzlich bleibt das Rhinozeros stehen und verpufft in einer Wolke aus grauweißem Dunst. Kurz darauf wird Kalle wieder ohnmächtig.

Als er die Augen wieder öffnet, ist das Erste, das er sieht, sein bester, genau genommen sein einziger, und jetzt auch noch toter Freund Sim. Dessen Haut ist dunkler geworden. Grau. Graubraun. Beige ocker gelb graubraun. Blauglockenbaumvariationen, denkt er und erinnert sich an diesen Kerl im Studio. Wie der in der Booth gestanden und die Kontrolle nicht verloren, sondern sie abgegeben hatte. Vorsätzlich. »Blaumlockengrau. Blaumlockengrau. Bauglockenbaum, Bauglockenbaum. Blauflockenschaum, Blauflockenschaum. Plemplemplockernbaum, plemplemlock –«

»Hast du ne Cola?«, fragt jemand. Kalle erschrickt. Er sieht nach links. Liz.

»Was?«, fragt Kalle.

»Wo sind denn deine Zähne?«, fragt Liz.

»Geklaut«, sagt Kalle.

»Im Café?«, fragt Liz. Kalle nickt. »Mich beklauen die auch immer.«

»War schon spät«, sagt Kalle, als reiche das als Erklärung.

»Was ist mit der Cola?«, fragt Liz.

»Im Kühlschrank.«

Liz steht auf, geht in die Küche. »Hier ist kein Kühlschrank!«, ruft sie.

»Klar ist da ein Kühlschrank«, sagt Kalle. »Neben dem Backofen. Helles Holz. Sieht man doch.« Der letzte Satz schafft es nicht mehr aus dem Wohnzimmer.

»Hier ist kein Backofen!«, ruft Liz.

»Neben dem Kühlschrank.«

»Hier ist kein Kühlschrank!« Kalle stöhnt. »Dann hab ich keine Cola«, sagt er.

»Wasser?«, fragt Liz.

»Im Kühlschrank.«

»Hier ist kein Kühlschrank!«

»Dann hab ich kein Wasser«, sagt Kalle.

»Was ist mit Sim passiert?« Plötzlich steht Liz wieder im Wohnzimmer. Neben dem Sessel, der früher einmal Kalles Oma gehörte, steht sie und sieht auf Sim, so wie Museumsbesucher auf die Gemälde großer Maler sehen.

»Guernica«, sagt Kalle. Liz sagt nichts, sieht sich weiter Sim an. Schließlich fragt sie: »Ist der tot?«

»Bestimmt«, sagt Kalle.

»Muss man da nicht irgendwas machen?«, fragt Liz.

»Was denn?«, fragt Kalle.

»Keine Ahnung«, sagt Liz. Dann setzt sie sich neben Kalle auf die Couch. Sie greift in ihre Taschen. Dinge rieseln auf den Tisch. Einwegrasierer, Alufolie, zwei Tampons, einer benutzt. Dann Knistern. Klopfen. Ratschen. Klicken.

»Willst du auch?«, fragt Liz, bindet Kalle den Arm ab und schiebt ihm, ohne eine Antwort abzuwarten, die Nadel in die Vene.

Krämpfe holen Kalle zurück. Es fühlt sich an, als ramme ihm jemand einen Morgenstern in den Körper hinein und rühre darin herum, so wie seine Oma immer im Gulasch herumgerührt hatte. »Das muss mindestens zwei Stunden köcheln«, hört er sie sagen, und der Geruch von Zwiebeln und Fleisch und Soßenbinder verstärkt sein Gefühl, aus dem Fenster springen zu wollen. Er steht auf, geht ins Bad, schafft es nicht mehr bis zur Toilette. »Nichts ist schwerer zu ertragen, als eine Reihe von guten Tagen.« Kurt Tucholsky. Aber der hatte auch noch nie seinen besten, genau genommen seinen einzigen Freund, tot bei sich in der Wohnung liegen. Und langsam aber sicher – dessen wurde sich Kalle bewusster, je mehr er an Nicht-Lebensmitteln auskotzte – würde er sich etwas einfallen lassen müssen. Das mit dem Kotzen kam nicht nur von den Krämpfen.

## DIE DICKE GUGLICZKA

»Gehst du immer noch zum irren Ele?«, fragt sie.

»Nenn ihn nicht so«, sagt ihre Tochter. »Er heißt Elmar.«

»Ist doch egal, wie er heißt«, sagt sie. »Irre ist irre. Kennst du die Geschichte, wo er vom Kaufhausdach springt?«

»Ja, Mutti.«

»Er springt vom Dach, zehn Meter hoch, mindestens, in einen Baum hinein? Und deine Kollegen –«

»– die stehen da oben und gucken zu –«

»– und gucken zu, wie dein Elmar ihnen den Stinkefinger zeigt? Also wenn das nicht irre ist, dann weiß ich auch nicht.«

»Das sind nur Geschichten, Mutti. Der irre Ele ist ein Mythos. Wie der Marlboro Mann.«

»Papperlapapp. Der irre Ele ist ein verrückter Verbrecher. Also, sag schon. Gehst du immer noch zum irren Ele?«

»Ja, Mutti.«

»Es ist wirklich sinnlos, mit dir darüber zu reden, ehrlich, wie ein Tonband komme ich mir vor. Wie oft gehst du zum irren Ele?«

»Zweimal die Woche«, sagt ihre Tochter.

»Zweimal!«, ruft sie. »Mensch, Kind. Was machst du denn so oft bei dem Verrückten? Spielst du dem am Schniedel, oder was? Halt dich fern von dem. Nachher ist das ansteckend, was der hat.«

»Eine Haltung zum Leben ist nicht ansteckend«, sagt ihre Tochter.

»So. Weißt du das, ja? Das Lichtspektrum ist –«

»– so groß, und wir können nur so einen kleinen Teil –«

»– nur so einen kleinen Teil davon sehen. Was glaubst du, was wir noch alles nicht sehen oder wissen?«

»Der Elefant ist schön.« Ihre Tochter zeigt auf den neuen weißen Porzellan-Elefanten im Schrank. Den mit den goldenen Verzierungen.

»Auf dem Trödel hab ich den bekommen. Und weißt du, was ich bezahlt hab?«

»Nein?«

»Rate.«

Ihre Tochter sieht zu dem Elefanten. Sie bewegt den Kopf hin und her, so als könne sie in den Schrank hinein und sich den Elefanten von allen Seiten ansehen. »Zwölf Euro?«

»Vier Euro fünfzig«, sagt sie. Der Preis macht ihr sichtlich Freude, als ein Geräusch in ihr Wohnzimmer schwappt, ein Krachen, ein Poltern. Und als der erste Schrei erklingt, ist sie schon aufgestanden und auf dem Weg zum Fenster. »Bleib sitzen«, sagt sie zu ihrer Tochter und zieht die grünen Vorhänge weiter zu.

»Was ist denn da wieder los?«

»Du sollst sitzen bleiben«, sagt sie, aber da steht ihre Tochter schon am Fenster, reißt die Vorhänge beiseite und beide sehen sie den jungen Mann, wie der auf diese Frau einprügelt, einschlägt, seinen Kopf immer wieder in ihr Gesicht schmettert, so als habe er den Verstand verloren. Der irre Ele, denkt sie. Dann übernimmt der Instinkt.

»Bleib hier!«, ruft sie ihrer Tochter hinterher, aber die ist schon fast an der Tür. »Ich muss hier leben!«, ruft sie, lauter als zuvor. Kurz darauf steht ihre Tochter wieder im Wohnzimmer. Ihre Haltung so schief wie ein zu oft gewaschenes billiges T-Shirt. »Ich bring hier das Altpapier weg. Ich geh hier einkaufen. *Ich* muss mit den Leuten hier leben.«

»Der schlägt die Frau tot«, sagt ihre Tochter. »Vor deiner Haustür.«

Sie sieht aus dem Fenster. »Die ist schon wieder weg, siehst du?«

»Was?«

»Hier. Guck. Sie ist weg. Die Frau. So schlimm kann's ja nicht gewesen sein.« Ihre Tochter kommt zu ihr, sieht aus dem Fenster. Eine alte Frau schiebt sich und ihren Rollator auf den jungen Mann zu. »Das ist nur die alte Lola«, sagt sie. »Die ist harmlos.« Ihre Tochter geht zurück zur Couch. Sie setzt sich hin, atmet. »Gegenüber von deinem Haus steht den ganzen Tag ein Mann und verkauft Drogen«, sagt ihre Tochter.

»Da gewöhnt man sich dran«, sagt sie, sieht noch einmal hinunter, dann zieht sie die Vorhänge wieder zu.

»Da sollte man sich aber nicht dran gewöhnen. Warum wohnst du noch hier? Alle sind sie weggezogen. Warum du nicht?«

»Hier ist mein Zuhause«, sagt sie. »Als mich keiner haben wollte, als ich auf der Straße gelebt habe, da war irgendwann diese Wohnung hier.«

»Ich weiß, Mutti, aber niemand zwingt dich, hierzubleiben. Du bist einem Haus nichts schuldig.«

»Doch, das bin ich!«, ruft sie. Ihre Stimme zittrig. »Diese Wohnung hat mich aufgenommen. Als mich niemand haben wollte, als ich mit dir schwanger war. Da hat uns diese Wohnung aufgenommen.«

»Ich weiß, Mutti.«

»Nein, das weißt du nicht.«

»Du hast es mir erzählt.«

»Du hast es gehört«, sagt sie. »Aber du hast es nicht verstanden. Du weißt nicht, wie das ist, wenn man plötzlich wieder einen Schrank hat, in dem frische Sachen liegen. Oder wenn man einen Kühlschrank hat. Einfach einen Kühlschrank. Oder einen Herd! Oder eine Dusche!«

»Ich weiß, Mutti.«

»Nach unten geht das ganz schnell«, sagt sie. »Aber zurück nach oben, da musst du ackern. Da musst du richtig ackern.« Im Kopf spricht sie die Worte ihrer Mutter mit. »Das hab ich gemacht. Geackert. Den ganzen Tag bin ich von einem Amt zum Nächsten gelaufen. Jeden Tag, tagein, tagaus. Wochenlang. Nur für diese Wohnung. Und als ich die dann hatte, da musste ich noch mehr ackern. Ich hab gespült und geputzt und eingekauft, für all die reichen Leute hab ich das gemacht. Einen Tag bevor du geboren wurdest, habe ich der Frau von Gruber noch die Taschen in den Keller getragen und die Einkäufe in die Kühlschränke und die Kühltruhen einsortiert.«

»Ich weiß, Mutti.«

»Und mit dem Geld, das die Frau von Gruber uns gegeben hat, dafür konnte ich dir ein Bettchen kaufen.«

»Sie hat's dir nicht gegeben, Mutti, du hast dafür gearbeitet. Hochschwanger.«

»Die von Grubers haben uns sehr gut bezahlt. Besser als die Meisten.«

»Mach doch, was du willst.«

»Ich will hier nicht weg«, sagt sie.

»Dann bleib doch hier.«

»Danke.«

»Zwischen all den Verbrechern.«

»Sagt das Mädchen, das zweimal in der Woche den Verbrecher besucht.«

»Das ist was anderes«, sagt ihre Tochter.

»Warum? Weil er wegen dir im Rollstuhl sitzt?« Ihre Tochter sagt nichts. »Der irre Ele –«

»Er heißt Elmar.«

»– sitzt in einem Rollstuhl, weil er ein Auto geklaut hat und vor der Polizei geflohen ist.«

»Das seh ich anders.«

»Und ich sehe das mit dieser Wohnung hier anders.«

»Okay«, sagt ihre Tochter.

»Okay«, sagt sie.

Das Schweigen fühlt sich an wie zu viele Kohlebriketts im Kessel einer Dampflok. Irgendwann sagt ihre Tochter: »Der neue Elefant ist schön.«

»Vier Euro fünfzig«, sagt sie. Vor dem Fenster lautes Lachen.

»Riechst du das auch?«, fragt ihre Tochter.

»Das kommt von oben«, sagt sie. »Das riecht schon seit gestern so.«

# DANKSAGUNG

Ein Buch zu schreiben ist die eine Sache. Eine andere ist es, Menschen zu finden, die mit dir Herz und Engagement an deine Kunst hängen. Diese Menschen sind elementar für meine Arbeit. Und weil an *Gorbach* so viele beteiligt waren, ist es mir wichtig, ihnen allen zu danken.

Eilike und Knut für Feedback und Rat und fürs immer wieder Bier drauf schütten. Es hilft ungemein, nicht allein auf den Dingen herumkauen zu müssen. (Ihr kennt das.)

Mitch Heinrich für seine »blauglockenbaumvariationen«.

Ilja für die Übersetzungen ins Russische und den richtigen russisch-deutschen Akzent.

Gerhard Steidl für die Aufnahme in die literarische Tradition des Steidl Verlags. Für mich ist das eine große Sache.

Daniel Frisch dafür, dass du mir mit Wissen, Auge und Gespür geholfen hast, ein noch besseres Buch aus *Gorbach* zu machen. Und überhaupt dem ganzen Steidl-Team. Für Fotos, Videos, Cover und all die anderen Dinge, die man von außen niemals sieht, die aber alle zum großen Ganzen beitragen.

Und last but not least: André. Fürs Triezen, fürs Nötigen, fürs Schubsen, tief hinein in die Welt der Kunst, der Literatur. Ohne dich wäre mein Leben ein anderes, ein weniger glückliches.

Danke euch und Ihnen allen.

**Hank Zerbolesch**, geboren 1981 in Düsseldorf, lebt seit 2004 in Wuppertal. Seine Schulzeit war so kurz wie möglich, studiert hat er nicht. Geld verdiente er als Altenpfleger, Veranstaltungstechniker und auf viele andere Arten. Seit 2014 schreibt er Romane, Hörspiele, Kurzgeschichten. Eine der für ihn drängendsten Fragen ist, warum Menschen tun, was sie tun. Antworten sucht er im alten Oi! und im neuen Rap. Erschienen sind von ihm u.a. *Verhaltet euch unauffällig* (Periplaneta, 2014), *RAW* (2018) und *Morbus Leben* (2020).

Die Verszeilen auf S. 182 aus dem Gedicht »blauglockenbaum-variationen« von Mitch Heinrich, aus: *Das Ding Dichtung. Ausgewählte Gedichte 1984–2004* (Verlag Das Fünfte Tier, 2005), werden zitiert mit freundlicher Genehmigung des Autors.

Erste Auflage März 2024


Lektorat: Daniel Frisch
Umschlaggestaltung: Paloma Tarrío Alves / Steidl Design
Buchgestaltung: Gwenda Winkler-Vetter / Steidl Design

Gesetzt aus der Stanley und Coastal
Gesamtherstellung und Druck: Steidl, Göttingen

Steidl
Düstere Str. 4 / 37073 Göttingen
Tel. +49 551 49 60 60
mail@steidl.de
steidl.de

Printed in Germany by Steidl
ISBN 978-3-96999-324-8

Auch als eBook erhältlich